건강 기사 제대로 읽는 법

Health Literacy

건강 기사
제대로 읽는 법

• 김양중 지음 •

한겨레출판

간단하고 단순하며 소박한 건강 원칙

모든 사람이 건강하기를 바란다. 그래서 자주 건강에 대해 듣고 말한다. 개인적으로 건강에 엄청난 투자를 하는 사람도 많다. 그러나 안타깝게도 전부 별로 실속이 없는 것 같다. 제대로 투자하지 않기 때문이다. 건강은 사람과 평생 같이 가는 것, 공기처럼 일상적이고 평범한 가치다. 주식투자와 달라서 은근하고 오래, 있는 듯 없는 듯 친구처럼 더불어 살아야 한다.

그런데도 사람들은 신기한 방법을 구한다. 그리고 쉽게 얻으려 한다. 막 나온 기적의 명약을 찾고 남이 모르는 희한한 먹을거리를 귀하게 여긴다. 게다가 남의 말 듣기를 이보다 쉽게 할 수 없다. 왜 그럴까? 나는 사람들의 '건강 행동'도 우리 사회 전체의 분위기를 따라가기 때문이라고 생각한다. 우선, 평범하지만 꾸준하고 규칙적인 것의 가치를 제대로 쳐주지 않는다. 짧은 시간에 많이 변화한 우리 사회에서 오래 기다리는 것은 상당한 인내심을 필요로 한다. 건강정보에 관해서도 빠르고 화끈한 것을 찾는 것은 이 때문이다. 또 한 가지, 시장의 원리가 건강행동에도 여지없이 작동한다. 시장에서 통하는 것, 이기는 것이 더 낫다는 믿음이 알게 모르게 널리 퍼져 있다. 첨단 의학, 신약, 큰 병원, 명의 같은 가치가 바로 그것이다. 혹시 돈으로 건강도 살 수 있다는 생각이 그 바탕에 있는지도 모르겠다. 과학기술에 대한 낙관, 또는 과신 같은 것도 영향이 없지 않을 것이다.

내가 배웠고 아는 한, 건강을 지키는 원칙은 아주 간단하고 단순하며 소박하다. 현대 의학의 역할을 아예 무시하는 것도 치우친 태도지만 그 반대편 극단은 더욱 터무니없다. 그중에서도 중요한 것은 늘 스스로 배우고 실천해야 한다는 것이다. 시간과 노력을 들이지 않고, 더욱이 건강의 의미를 되새기지 않고, 쉽게 건강을 살 수는 없다.

요즘 사람들은 처음 가보는 곳을 제대로 찾기 위해 내비게이터에 많이 의지한다. 예전에는 도로교통지도 신세를 지는 일이 많았다. 건강을 찾고 지키는 일에 내비게이터나 도로교통지도를 찾는 것만큼도 투자하지 않는다면 앞뒤가 한참 바뀌었다.

김양중 기자가 쓴 《건강 기사 제대로 읽는 법》은 그래서 미덕이 많다. 넘쳐나는 의학정보를 어떻게 정확하게 이해할지, 그리고 그것이 가지는 의미가 무엇인지 꼼꼼하게 밝혔다. 때로 상식의 허를 찌르는 내용도 읽는 재미가 쏠쏠하다. 오랜만에 기자로서 마땅히 해야 할 일을 했다는 것이 솔직한 느낌이다.

그러나 과연 얼마나 읽힐까 하는 걱정이 없는 것도 아니다. 화끈한 재미를 찾거나 둘도 없는 신기한 처방을 바라는 사람은 쉬 실망할 것이기 때문이다. 다시 말하지만, 이 책은 투자가치가 있다. 꼼꼼하게 전체를 따라가다 보면, 어느새 불쑥 자라난 당신의 '건강 독해 능력(헬스 리터러시, Health Literacy)'을 확인하게 될 것이다. 헬스 리터러시야말로 건강을 지키는 참 방법이다.

김창엽

서울대 보건대학원 교수

건강 정보의 옥석을 가리는 방법

'건강'은 인터넷, 텔레비전, 신문 등의 매체에서 가장 많이 다루는 주제 가운데 하나다. 누구나 바라는, '질병 없이 건강하게 살고 싶은 욕구'의 반영일 것이다. 그러나 수많은 건강 정보 가운데 옥석을 가리는 것은 쉽지 않다.

간단한 예로 지난해 서울 강남 지역에서 불었던 면역주사 열풍을 들 수 있다. 암에 걸린 사람은 물론 건강한 보통 사람들도 이 주사를 맞기 위해 줄을 설 정도였다. 하지만 현재까지의 의학 지식으로 보자면 이런 현상은 정말 문제가 많다. 면역은 우리 몸이 외부 물질에 대해 반응하는 것으로 넘쳐도, 모자라도, 한쪽으로 쏠려도 문제가 생긴다. 건강한 사람이 감기에 걸리거나 목이 부었다고 면역주사를 맞겠다고 한다면, 이는 밥 대신 영양제만 먹으며 살겠다는 발상에 다름 아니다.

이처럼 잘못된 건강 상식 때문에 벌어지는 해프닝은 수없이 많다. 또 다른 예로, 가끔 대중 화장실에서 보는 '숙변 해독'이라는 황당 광고다. 외과 의사로 살아오면서 '숙변'이라는 단어는 그 어떤 의학서나 교과서에서도 구경해본 적이 없다. 그런데 인터넷에서 이에 대한 정의까지 좌르르 쏟아내는 모습을 보게 됐으니 황당할 수밖에. 숙변의 정의라고 나오는 것을 보면, 숙변의 주된 성분은 단백질, 지방, 호르몬, 스테로이드 등이 완전히 분해되지 못해서 생긴 노폐물이며, 이 때문에 혈관 장애는 물론 간 기능 저하, 여드름, 기미, 두통, 고혈압, 당뇨 등이 생길 수 있다고 한다. 숙변 뒤에는 '장세척'이라는 말도 따라오는데, 이 역시 기막힐 노릇이다. 숙변이니 장세척이니 하는 말들은 그야말로 사람들의 주머니를 털고자 지어낸 것이다.

중요한 것은 우리 주변의 수많은 건강 정보 가운데 의학적으로 검증이 되고, 자신에게 도움이 될 만한 것을 찾아내는 것이다. 그렇다고 모두 의사가 될 수는 없다. 독자들 스스로 올바른 건강 정보를 가려내는 능력을 키워야 한다는 김양중 의료전문기자의 말에 동의하는 이유다. 그래서 이 책을 감히 추천해본다. 이 책을 읽고 신문이나 방송, 인터넷을 떠돌고 있는 건강 정보들을 다시 보면, 이전과는 다른 진실을 접하게 될 것이다.

내가 알고 있는 김양중 기자는 그 자신이 의사이기도 하지만, 의학쪽을 담당하는 전문기자로서 객관적이고 검증된 의학 정보를 신문에 담기 위해 노력해왔다. 그리고 정부의 보건의료 정책이 국민의 건강과

직결된다는 사실을 알고, 제대로 된 정책 관련 기사를 쓰기 위해 누구보다 최선을 다하는 모습을 곁에서 보아왔다. 이 책의 문장 하나하나에 그런 고뇌가 묻어 있는 것을 보고 무척 반가웠다.

독자들이 이 책을 통해 건강 정보의 옥석을 가리는 방법을 배우고 제대로 된 건강 행동의 길을 찾아갈 수 있기를 빌어 마지않는다.

시골의사 박경철

안동 신세계연합병원 원장

언론이 말하지 않는
건강 기사의 오류

2008년 여름, 한 병원이 자체 조사해 발표한 자료를 보면 이 병원을 찾은 망막질환자가 최근 9년 사이에 80퍼센트 이상 늘었다고 합니다. 그 자체는 틀림없는 사실일 것입니다. 하지만 언론에 이런 내용이 뜨면 독자와 시청자들은 자연스레 자신의 건강 상태를 돌아보게 됩니다. 자신도 비슷한 증상을 겪고 있는 듯한 기분이 들고, 병원을 찾아서 검사를 받아야 할 것 같고, 그래서 실제로 많은 사람이 그렇게 합니다. 그리고 될 수 있으면 언론에 등장했던 그 병원을 찾고자 합니다.

그런데 꼭 그렇게 해야 하는 일일까요? 이 기사에서 겉으로 드러나지 않은 진실은 무엇일까요?

건강 기사에 등장하는 의료 정보는 대부분 의료인과 병원에서 나옵니다. 지난 기사들을 돌이켜보면, 기사를 통해 의료 상식도 많이 전파

되었겠지만, 동시에 의료인과 병원이 원하는 방향의 정보가 너무 많이 실렸다는 생각도 듭니다. 예를 들어 병원에서 새로운 의료기기를 도입하면 기자들은 그 내용을 소개합니다. 그러면 기사 자체가 해당 의료기기를 쓰도록 장려하는 광고 역할을 하게 됩니다. 제약회사의 신약 발매 기사도 마찬가지입니다. 저 역시 그런 기사를 피해가기 쉽지 않았습니다.

이로써 앞의 망막질환 기사를 언급하면서 던진 의문에 대한 답의 감을 조금은 잡았으리라 생각합니다.

이 책은 건강하게 사는 구체적인 방법을 담고 있지는 않습니다. 대신 허황되고 과장된 건강 정보를 가려낼 수 있는 방법을 전합니다. 그걸 알아서 무엇에 쓰냐고요? 이 책값보다 더 비싸고, 이 책을 읽는 것보다 훨씬 더 많은 시간을 내버리는 것을 막을 수 있습니다.

그래서 '헬스 리터러시(Health Literacy)'입니다. 리터러시란 제대로 읽고 해독하고 파악하는 능력을 말합니다. '아는 것이 힘'이고, '알아야 면장'도 합니다. 잘못 알면 오히려 병을 키웁니다. 그렇다고 전문 의학지식을 일반인이 전부 알기는 쉽지 않습니다. 게다가 의학적인 사실이라는 것이 계속 변하기 때문에 보통 사람들이 그 내용을 전부 추적한다는 것은 거의 불가능에 가깝습니다. 그보다는 건강 정보 독해 능력을 키워야 합니다. 그래서 리터러시입니다. 제대로 알기 위해 먼저 알아야 할 것들을 썼습니다.

이제 독해는 독자들 몫입니다. 이 책은 밥을 떠먹는 방법(전부 가르쳐 드릴 수도 없고, 그리고 싶은 생각도 없고, 그럴 능력도 제겐 없습니다)에 대한 단초를 제공하지만 떠먹는 것은 독자들 스스로 할 일입니다.

한 가지 바람이 있습니다. 독자들이 이 책을 읽으면서 '나와 내 이웃, 모두가 함께 건강해지는 방법'에 대해 고민해보았으면 좋겠습니다. 서로 밀접한 관계를 맺고 여러 제도의 영향을 받으며 살아가는 이 사회에서 혼자 건강해질 수는 없습니다. 간단한 예로 항생제의 오남용이 늘어날수록 특정 항생제에 내성을 보이는 세균도 많아집니다. 그 피해를 피해갈 수 있는 사람은 없습니다. 항생제를 많이 처방한 의사나 농수산업 종사자는 물론, 항생제를 많이 먹은 사람과 한 번도 써본 적이 없는 사람까지 고스란히 연대책임을 져야 합니다.

모두가 건강해져야 나도 건강해집니다. 너무 어려운 일이라고요? 개인이 할 수 없는 일이라고요? 아닙니다. 지금 포기하면 앞으로도 건강하게 살 수 없습니다.

책의 내용이 '불편한 진실'처럼 비춰질 수도 있습니다. 하지만 건강에 관심 있는 분들과 보건의료 계통에서 일하시는 분들은 한 번쯤 읽어보았으면 합니다. 작은 변화는 변해야 한다는 필요성에 많은 사람들이 공감할 때 시작될 수 있기 때문입니다.

감히 말씀드립니다. 책을 읽고 난 다음에 신문과 방송의 건강 관련

뉴스를 다시 보십시오. 다른 세상이 보일 것입니다.

2002년 5월에 처음 언론계에 몸담은 후 어느덧 7년 가까운 시간이 흘렀습니다. 이렇게 오래 기자 생활을 하게 될 줄은 저 자신도 몰랐습니다. 그리고 기자 생활 만 5년이 지날 무렵 반성하는 의미에서 기록을 남겨야겠다는 생각으로 이 책을 쓰기 시작했습니다.

이 글을 쓰고 난 지금도 반성한 만큼 기사를 잘 쓰고 있는지는 모르겠습니다. 그래도 꿈과 희망을 가져봅니다. 책을 읽은 독자들이 건강 기사에 대한 독해 능력을 한층 더 키우고, 이를 통해 자신의 건강은 물론 건강한 사회를 만드는 데 일조할 수 있었으면 합니다. 이 책이 그런 변화의 작은 시작, 씨앗이 되길 바랍니다.

기자로서 중학생도 읽을 수 있을 정도로 쉽게 쓰려고 했지만, 다소 어려운 부분이 있는 듯합니다. 여전히 저의 부족한 점이라고 생각합니다. 넓은 마음으로 이해 부탁드립니다.

2009년 2월

김양중

C O N T E N T S

3장 · 건강 상식 뒤집어보기

4장 · 건강 불평등 사회를 넘어서

1장 · 건강 기사의 진실과 거짓말

한국의 암 치료 성적은 미국보다 못할까?

○○병원의 망막질환자가 늘어난 이유는?

설문조사 결과는 얼마나 믿을 만할까?

그 환자의 뇌졸중 발생 시점은 과연 언제인가?

건강 기사는 어디까지가 진실일까?

가슴 통증은 심장질환부터 의심하라?

Health Literacy

건강 통계의 허점

한국의 암 치료 성적은 미국보다 못할까?

2004년 9월 초, 국내의 대표적인 한 신문이 1면에 우리나라와 미국의 암 진단 및 치료 뒤 생존율을 비교한 기사를 실었다. 간략히 정리하면, 미국은 암 진단 및 치료 뒤 생존율이 60퍼센트대인 데 반해 우리나라는 40퍼센트대로 미국에 비해 우리나라가 크게 뒤진다는 내용이었다. 기사가 나온 날, 우리나라에서 둘째 가라면 서러워할 한 대형병원이 기자회견을 열어 암센터를 짓겠다고 발표했다. 당시 그 병원의 병원장은 우리나라의 암 진단 및 치료 뒤 생존율이 미국보다 크게 낮기 때문에 암 치료를 전문적으로 담당하는 암센터 건립이 필요하다고 밝혔다. 하지만 한국과 미국의 암 종류별 치료 뒤 생존율을 비교한 자료를 바탕으로 이에 대한 반박이 제기되자 병원장은 말을 바꿨다. 이번에는 위암, 자궁경부암 등 우리나라에서 많이 발병하는 암에 대한 치료 성적이 우수한 만큼 치료를 활성화하기 위한 전문적인 센터가 필요하다고 말했다. 한국과 미국의 암 치료 실태를 명확한 기준에 따라 제대로 비교하지 않고 단순 비교한 탓에 일어난 하나의 해프닝이었던 것이다.

실제 한국과 미국의 상황을 자세히 들여다보면 단순 수치 비교가 현실을 제대로 파악하는 데 얼마나 방해가 되는지 쉽게 알 수 있다. 암센터 건립과 관련된 기자회견 당시에도 보건복지가족부와 국립암센터가 '국가암중앙등록사업'을 통해 집계한 전체 암 및 암 종류별 생존율 자료가 존재했다. 이를 바탕으로 한국과 미국의 암 생존율을 비교할 수 있다.

우선 한국 사람들에게 가장 흔한 위암의 경우, 1996~2000년 5년 암 진단 및 치료 뒤 생존율이 46.6퍼센트다. 서양의학에서는 치료 성적을 '진단 뒤부터 치료를 한 뒤 얼마나 오래 살았느냐'로 평가하는데, 암은 보통 '5년 이상 살았느냐'를 기준으로 하고 있으며, 이를 5년 생존율이라 부른다. 암 진단 뒤 치료를 받고 5년 이상 생존해 있다면 일단 완치로 판단할 수 있다.

그렇다면 우리나라 위암 환자 가운데 거의 절반 정도가 암 진단에 이어 치료를 받은 뒤 5년 넘게 사는 셈이다. 이에 비해 1996~2004년 미국의 위암 5년 생존율은 24.7퍼센트에 그친다. 유럽의 경우 1996년부터 1999년까지의 집계 결과, 24.1퍼센트로 역시 우리나라에 크게 못 미친다.

한국과 미국의 주요 암의 5년 생존율 비교

암 종류	한국 (1993~1995년, %)	한국 (1996~2000년, %)	한국 (2001~2005년, %)	미국 (1996~2004년, %)
위암	42.8	46.6	56.4	24.7
폐암	11.3	12.7	15.5	15.2
대장암	54.8	58.0	64.8	64.4
간암	10.7	13.2	18.9	11.7
갑상선암	94.2	94.9	98.1	96.9
유방암	77.9	83.2	87.3	88.7
자궁경부암	77.5	80.0	81.1	71.2
전립선암	55.9	67.2	76.9	98.9
췌장암	9.4	7.6	7.8	5.1
모든 암	41.2	44.0	52.2	65.3

＊자료 : 보건복지가족부, 암중앙등록본부

우리나라의 2001~2005년 위암 5년 생존율은 56.4퍼센트로, 위암 환자 10명 가운데 거의 6명이 암 진단 및 치료 뒤 5년 이상 생존한다.

예리한 독자들은 '서로 다른 기간으로 한국과 미국의 암 치료 성적을 비교하지 않았느냐?'며 이의를 제기할 것이다. 일부러 그런 것이 아니다. 다른 시점을 기준으로 비교한 이유는 두 나라가 암 생존율을 집계

하는 시점 자체가 다르기 때문이다. 이번 비교는 두 나라의 집계 결과 가운데 가장 최근 자료를 가지고 이뤄진 것임을 밝혀둔다.

다른 예로 자궁경부암의 경우도 우리나라가 미국의 성적을 앞선다. 1990년대까지 한국 여성들이 가장 많이 걸리는 암 가운데 하나가 자궁경부암인데, 우리나라의 1996～2000년 자궁경부암 5년 생존율은 80.0퍼센트로 미국의 71.2퍼센트(1996～2004년)에 비해 성적이 좋다.

위암이나 자궁경부암처럼 성적 차이가 크게 벌어지지는 않지만, 간암, 췌장암, 폐암 등도 최근에는 우리나라 성적이 조금씩 높다.

이와는 달리 암이라고 해도 생존율이 매우 높아 비교하는 것 자체가 별 의미 없다는 말도 듣는 전립선암은 미국이 우리나라보다 성적이 훨씬 좋다. 미국을 비롯한 서구 여러 나라에서 많이 발병하는 대장암의 경우도 최근 들어 거의 비슷해졌지만 이전에는 미국이 성적이 좋았다. 서구형 암의 대표주자로 불리는 유방암도 미국이 조금 낫다.

전문가들은 이처럼 암 치료 성적에서 차이가 나는 이유는 나라나 민족마다 특정 암에 걸리는 경향이 다를 뿐더러 그것을 이겨내는 능력도 다르기 때문이라고 설명한다. 예를 들어, 위암이 많은 우리나라에서는 위암 치료 기술이 발달해 5년 생존율이 미국보다 높다. 반면 전립선암 발생률이 높은 미국은 전립선암 치료 기술이 발달해 그 생존율이 높다.

여성에게 흔한 유방암의 경우를 살펴보자. 여성암 가운데 가장 많은

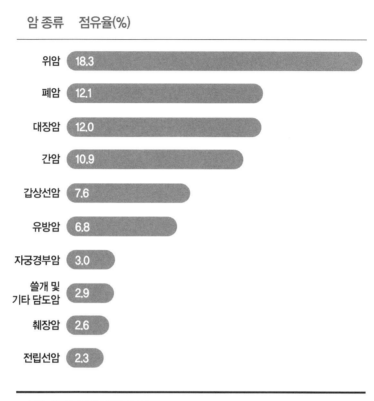

한국의 암 발생 순위 및 현황(2003~2005년)

암 종류	점유율(%)
위암	18.3
폐암	12.1
대장암	12.0
간암	10.9
갑상선암	7.6
유방암	6.8
자궁경부암	3.0
쓸개 및 기타 담도암	2.9
췌장암	2.6
전립선암	2.3

＊자료 : 보건복지가족부, 암중앙등록본부

암이 유방암인 미국은 유방암 5년 생존율이 1996~2004년 88.7퍼센트에 이른다. 반면에 최근 유방암이 늘어나고 있는 우리나라는 1996~2000년에 83.2퍼센트로 미국보다 조금 뒤진다. 하지만 2001년부터 2005년 사이 한국의 유방암 5년 생존율은 87.3퍼센트로 유방암이 크게 늘고 있는 것만큼 빠른 속도로 생존율도 높아지고 있다.

아무리 그렇다고 해도 '1996~2004년 미국의 전체 암 생존율이 65.3 퍼센트로 2001~2005년 한국의 52.2퍼센트보다 나은 것이 아니냐?'고 반문할 수 있다. 이 역시 두 나라의 암 종류별 분포를 봐야 제대로 비교 하고 이해할 수 있다.

이해를 돕기 위해 간단한 예를 들자면, 전립선암의 경우 5년 생존율 이 미국은 98.9퍼센트(1996~2004년 기준)인데, 미국에서는 남성 암 환 자 3명 가운데 1명이 전립선암을 앓는다. 반면 우리나라는 전립선암 5년 생존율이 76.9퍼센트(2001~2005년 기준)로 다른 암에 비해 높은 편 이지만, 전체 남성 암 환자 가운데 전립선암 환자 수의 비율은 4퍼센트 남짓에 머무른다. 그런데 전립선암은 5년 생존율이 거의 100퍼센트에 가깝다. 결국 미국은 5년 생존율이 높은 전립선암이 가장 많은 비중을 차지하면서 전체 암의 5년 생존율을 끌어올린 셈이다.

전체 암 치료 성적 비교에서 미국이 좋다는 말만 믿고, 우리나라의 많은 위암, 자궁경부암 환자가 미국에서 치료받는다면 이 얼마나 안타 까운 일인가. 의료비가 우리나라보다 몇 배나 더 비싼 나라에서 훨씬 많은 돈을 들여 치료를 받으면서 정작 치료 성적은 더 좋지 않을 수 있 으니 말이다. 그러므로 평균 수치만을 단순 비교하는 것이 종종 현실을 제대로 보는 데에 걸림돌이 된다는 사실을 알아야 한다.

이 밖에도 암 통계를 해석할 때에는 주의할 점이 많다. 우선 암 환자가 집계되는 과정을 잘 살펴봐야 한다.

우리나라 암 등록 자료는 다른 나라들이 매우 탐낼 정도로 우리나라에서 생기는 거의 모든 암에 대한 각종 정보를 담고 있다. 반면에 다른 나라, 특히 미국에는 우리나라 국민 대부분이 가입돼 있는 건강보험과 같은 공보험이 존재하지 않는다. 여러 민간보험회사들이 사보험을 운영해 각각 보험료를 받고 질병 진단에 따라 보험금을 내주고 있다. 그래서 미국에서는 전체적인 자료 확보가 쉽지 않은 편이다.

그런데 문제는 우리나라의 모든 건강보험 자료가 그렇듯이 암 등록 자료도 환자가 의료기관에서 암을 진단받고 치료를 받아야 집계된다는 것이다. 자각 증상이 있어서 병원을 찾지 않는 한 진단조차 되지 않는다. 그러나 진단을 통해 암을 발견할 가능성이 높고 진단 이후에도 수명을 최대한 연장할 수 있다면 그것은 암 관련 자료 집계 결과에 긍정적인 영향을 미칠 수 있다. 최근에 특정 암을 진단하는 데 탁월한 성능이 있는 장비가 나왔다면 그만큼 변화의 폭도 클 것이다. 바로 갑상선암과 유방암, 전립선암이 이에 해당한다.

먼저 우리나라의 2001년부터 2005년까지 유방암 5년 생존율은 87.3퍼센트다. 치료 기술이 뛰어난 것도 있지만, 원래 유방암 자체가 다른 암에 비해 치명적이지 않기 때문에 생존율이 높다. 반면 우리 몸의 주요 장기에 암이 생긴 경우는 생존율이 매우 낮다. 즉 제거하면 사람이 바로 죽는 부위에 암이 생기면 생존율이 떨어진다. 폐암이나 간암 등의 생존율이 낮은 것도 같은 이유 때문이다. 거칠게 말하자면, 해당 조직이 없으면 사람이 살 수 없는 폐나 간과는 달리 유방, 대장 등은 암이 발생한 조직의 거의 대부분을 잘라내도 사람이 생명을 유지하는 데에 큰 장애가 없다는 것이다.

유방암 환자들은 암이 있어도 별 증상 없이 멀쩡하게 살아가는 경우가 많다. 그렇다고 해도 생존율을 더욱 높이기 위해서는 조기 진단이 필요하다. 마침 유방암은 초음파나 일반 방사선사진으로도 쉽게 조기 진단될 가능성이 크다. 조기 진단율이 높아지면 암 발생 자체는 크게 늘어나는 것처럼 보일 수 있지만, 대신에 생존율도 크게 높일 수 있는 셈이다.

갑상선암은 대부분 초음파 검진으로 질병 발생 여부를 파악하는데, 최근 유방암 검진을 하면서 갑상선 검사를 '서비스'로 해주면서 조기 검진율이 크게 높아지고 있다는 분석도 있다. 전립선암의 경우는 피 검사에서 전립선암, 전립선염 등에서 비정상적으로 높아지는 항원을 검출하는 방법으로 암을 진단할 수 있게 되면서 조기 검진되는 비율이 늘었다. 다만 학계에서는 이 피 검사법이 비용 대비 효과 등을 따져볼 때 전체 남성을 대상으로 하는 조기 검진 방법으로 적합하지 않다는 의견이 많다.

다행히 최근 늘고 있는 암의 대부분을 차지하는 유방암, 갑상선암, 전립선암 등은 다른 암에 비해 그 자체로 치명적이지 않고, 조기 진단도 잘되고 있으므로 과도하게 두려움을 가질 필요는 없다.

참고로 갑상선암과 전립선암의 경우 5년 생존율(2001~2005년 기준)이 각각 98.1퍼센트와 76.9퍼센트다.

만성질환화하는 암

암은 일종의 돌연변이다. 그렇다고 우리 몸에 없었던 세포가 갑자기 하늘에서 뚝 떨어진 것은 아니다. 우리 몸에 정상적으로 있던 세포가 어떤 원인에 의해 변형된 후 죽지 않고 계속 증식한 것이 암이다. 예를 들어 폐암 가운데 편평상피세포암은 폐 조직을 구성하는 편평상피세포가 흡연으로 인해 평소보다 빠른 속도로 증식한 것이다. 흡연으로 발암물질을 많이 접하는 경우, 세포들이 이들 발암물질에 대항하기 위해 돌연변이를 일으켜 암이 생긴다는 가설도 있다. 이들 세포가 너무 빨리 자라면서 주변의 정상 조직을 압박하면 호흡이 힘들어질 수 있고 그냥 내버려두면 폐 조직이 정상 기능을 할 수 없게 된다. 또 혈관을 침범해 혈액을 타고 다른 조직에 가서 자라기도 하는데 이것이 바로 '전이'다.

현대 의학에서는 암 덩어리를 수술로 제거하거나 항암제와 방사선 등으로 치료한다. 항암제 투여나 방사선 치료는 암 세포가 빨리 자라는 특징을 파악해 화학적·물리적 방법으로 세포의 성장 과정을 차단하는 방법이다. 이 때문에 원래 우리 몸에서 빠르게 성장하는 조직의 부작용이 두드러진다. 대장 벽의 세포나 머리카락처럼 빨리 자라는 조직은 타격을 받아 설사를 하거나 머리카락이 빠질 수 있다.

한 가지 중요한 사실은 과거보다 암 치료 성적이 계속 좋아지면서 암이 이제는 거의 만성질환처럼 바뀌고 있다는 점이다.

홍보 자료로 쓰이는 건강 통계

○○병원의 망막질환자가 늘어난 이유는?

2008년 8월 말, 여러 신문의 건강 관련 지면에는 실명의 주된 원인인 '망막질환'을 앓는 환자가 9년 사이에 80퍼센트 이상 늘었다는 기사가 거의 빠지지 않고 등장했다.

기사 내용을 요약해보면 이렇다. ○○병원이 1999부터 2007년까지 내원한 망막질환 환자를 대상으로 조사한 결과, 환자 수가 1999년에 1만 1778명에서 2007년에는 2만 1290명으로 9년 사이에 80퍼센트 이상 늘었다. 그 가운데 한국인에게 가장 많이 나타나는 3대 망막질환인 당뇨병성 망막증과 황반변성, 망막정맥폐쇄증의 비중은 1999년 24퍼센트에서 2007년 64퍼센트로 3배 가까이 증가했다.

당시 상당수의 일간지들이 이런 내용을 보도했다. 정말 기사 내용대로 망막질환이 9년 만에 거의 2배 가까이 늘었을까? 물론 각 신문들이 전혀 사실이 아닌 내용을 보도했던 것은 아니다. 실제로 ○○병원을 찾은 환자가 9년 만에 2배 가까이 늘었기 때문이다.

그렇다면 우리나라에서 정말 9년 만에 망막질환이 2배나 늘었을까? 이 병원이 밝힌 자료에 딱 맞는 조건으로 전체 자료를 확인할 수는 없으므로 간접적으로 확인해보자. 망막질환이 늘어난 이유에 대해 이 병원은 당뇨, 고혈압 등 성인병 증가를 꼽았다. 하지만 고혈압, 당뇨 등의 성인병은 해당 기간 동안 2배나 늘지 않았다. 최소한 2배 이상 늘어야 이의 영향을 받는 망막질환이 2배 정도 늘어날 텐데, 당시 그럴 수 있는 조건이 형성되지 않았다.

그렇다면 ○○병원의 망막질환자가 2배 늘었다는 기사 내용을 어떻게 해석할 수 있을까? 단순하게 생각하면 이 병원을 찾은 환자가 늘었다고 볼 수 있다. 병원에서 의사를 더 고용했거나 진료실 수를 늘렸을 가능성도 존재한다. 시설이나 인력이 확충되면 하루에 보는 환자 수가 그만큼 늘어날 수 있기 때문이다. ○○병원에 대한 홍보가 잘돼 있으면 그 가능성은 더욱 커진다.

간단히 정리하면 홍보가 잘돼서 그만큼 환자들이 더 몰려들고, 병원 경영진이 의사와 진료실 수를 늘리면 이 병원이 진료한 망막질환 환자 수가 그만큼 늘어날 수 있는 것이다. 결국 병원이 잘돼서 환자가 늘어난 셈이다.

독자들은 이 기사를 보고 우리나라에서 망막질환이 크게 늘고 있다는데, 혹시 자신도 이런 질환에 걸렸는데 자각하지 못하는 것은 아닌가 하는 우려를 품게 된다. 그리고 문득 눈이 피로하다고 느껴지는 등 비슷한 증상이 나타나 해당 질환이 의심되면 어쩐지 ○○병원을 찾아야 할 것 같은 기분이 든다. 심지어 병원을 찾아 검진을 받는 경우도 적지 않을 것이다.

우리 국민 전체의 입장에서 보면 사실 이 병원의 환자 급증 관련 통계는 통계학적으로 문제가 있다. 원래 의학에서 어떤 자료를 만들 때는 통계 자료가 전체 인구를 대표할 수 있는지를 먼저 검증해야 한다. ○○병원을 찾은 환자들이 우리나라 국민들을 대표할 수 있는지 우선 검토해야 하는 것이다.

선거가 치러지는 동안 진행되는 여론 조사의 경우를 예로 들어보자. 대통령 선거나 국회의원 선거에서 여론 조사 대상자를 선정할 때에는 나이, 성별, 지역, 소득 계층, 교육 수준 등 선거에 영향을 줄 수 있는 모든 요소를 고려한다. 그래야 민심을 정확히 읽을 수 있기 때문이다. 상대적으로 한나라당 지지율이 높은 경상도 사람들을 대상으로 여론 조사를 하면 한나라당 지지율이 높게 나오기 쉽다. 그런가 하면 민주당 지지율이 높은 전라도 사람들을 대상으로 조사를 하면 민주당 지지율이 높게 나온다. 이 때문에 나이, 성별, 지역, 소득 및 교육 수준을 모두 고려해서 우리나라 인구를 대표할 표본을 만들고, 그 표본을 대상으로 여론 조사를 실시한다. 통계학에서는 이를 '무작위 추출'이라고 한다.

이는 정확하고 신빙성 높은 여론 조사 결과를 얻기 위해 면밀히 검증돼야 할 통계 조사 원칙이다. 무작위 추출을 하기 위해서는 수많은 점을 고려해야 한다. 말은 무작위이지만, 실제로는 무작위가 아닌 셈이다.

이런 통계상의 문제는 ○○병원 홍보 자료에서만 나타나는 것이 아니다. 대부분의 대학병원은 물론이고 홍보에 신경 좀 쓴다 하는 병원의 많은 자료에서 이런 오류들을 흔히 볼 수 있다.

또 다른 예를 들어보자. 심장질환 분야에서 남다른 실력과 성과를 자랑하는 ○○병원이 보내온 자료를 바탕으로 작성된 기사가 한 신문에 실린 적이 있다.

기사의 주요 내용은 이 병원이 지난 10년 동안의 심장질환 경향을 조사한 결과다. 10년 동안 이 병원을 찾은 환자 4만 1845명을 대상으로 조사한 결과, 심장질환 환자가 10년 전 1897명에서 지난 2007년에는 5100명으로 약 2.8배 늘었다. 특히 후천성 심장병의 경우 1998년 1110명에서 4124명으로 3.7배 정도 증가했다. 반면에 선천성 심장병 환자의 비율은 38퍼센트에서 21퍼센트로 감소했다.

언뜻 후천성 심장병이 크게 늘어난 것처럼 보인다. 하지만 이 조사 결과는 해당 병원의 환자만을 모아서 조사한 것이다. 전체를 대표하는 자료가 아니라는 뜻이다. 어쩌면 해당 병원이 후천성 심장병 수술을 잘한다는 소문이 널리 퍼져 환자들이 몰렸을 뿐인지도 모른다. 그러므로 독자들은 이 기사를 통해 심장병이 크게 늘어난 것이 진실이라기보다는, 단지 이 병원의 수술 건수가 증가한 것임을 파악해야 한다.

그런데 왜 이처럼 의학적 연구방법론상 오류가 있거나 왜곡된 내용들이 신문이나 방송에서 보도되는 것일까?

우선 언론사들이 해당 내용을 자극적으로 보이고자 하기 때문이다. 평범하지만 진실—예를 들면 건강을 위해서는 골고루 규칙적으로 먹고, 운동을 해야 한다는 내용—을 담은 기사는 대부분의 독자들이 이미 잘 알고 있는 내용이기 때문에 독자의 눈길을 사로잡기 어렵다. 대신 앞의 기사처럼 설령 내용이 진실과 멀어지더라도 늘어난 수치를 부각해 기존과 크게 달라진 것처럼 소개하면 독자들은 한 번이라도 더 쳐다보기 마련이다. 게다가 주제 자체가 요즘 초미의 관심사가 되고 있는 건강 문제 아닌가!

더 큰 이유는 기자들이 자신의 기사가 지면에 노출될 수 있는 가능성을 높이기 위해서 가능한 한 자극적인 표현을 쓰고 싶어하기 때문이다. 신문을 많이 팔려면 독자들의 관심을 끌 만한 이야깃거리를 담아야 한다. 이미 많이 알려져 독자들도 익히 알고 있는 내용은 말 그대로 '뉴스'가 되지 않는다. 독자들의 관심을 끌지 못할 내용은 기자가 아무리 열심히 썼을지라도 지면에 실리기 어렵다. 기자 입장에서는 하루 일을 해놓고도 아무 일도 안 한 것처럼 평가될 수 있다는 이야기다. 때문에 기자들은 자연스레 편집자나 데스크의 눈에 들 만한 제목으로 기사를 쓰는 경우가 많다.

그 과정에서 의학적인 연구방법론상으로는 전혀 '진실 혹은 사실' 이
아닌 내용이 '사실' 인 양 신문에 등장한다. 갑작스럽게 어떤 질병이 크
게 늘었다는 내용의 기사를 본 독자들은 조금이라도 비슷한 증상이 나
타나면 자신도 해당 질병에 걸린 게 아닌가 하고 지레 겁부터 먹게 된
다. 건강하고 멀쩡한 사람도 이런 기사들을 자꾸 읽으면 자칫 스스로를
환자로 착각할 수 있다.

신문은 늘 새로운 것을 추구하는 특성을 지닌다. 이로 인해 나타나
는 오류 때문에―대개 의학적인 연구 결과에 대해서는 다른 전문가
들의 도움을 받아 사실관계를 확인하는 '크로스 체킹' 을 해야 하지
만―독자는 환자가 아닌데도 스스로를 환자로 여기는 상황에 빠지는
것이다.

따라서 특별한 사건이 없었는데 어떤 질병이 너무나도 빠른 속도로
늘었다는 신문 기사를 접하면, 거기에는 다른 이유가 있을 수 있음을
먼저 염두에 두어야 한다.

대한민국 국민들의 거의 모든 질병 실태를 담은 건강보험공단의 자
료를 보면 어떤 질병도 그처럼 빠른 속도로 증가하지 않는다는 사실을
확인할 수 있다. 물론 질병에도 유행은 있다. 한 가지 예를 들자면 최근
5년 사이에 크게 늘어난 입원 질환 가운데 하나가 흔히 치질이라 부르
는 '치핵' 이다. 2006년에만 21만 4000여 명이 치핵 수술을 받으려 입
원했다. 이는 2위를 차지한 폐렴의 15만 8000여 명보다 무려 6만 명 가

까이 많은 수치다.

그렇다면 최근 5년 사이에 치핵 질환이 빠르게 늘어날 만큼 한국 사람들의 식생활을 비롯한 여러 생활습관들이 크게 달라진 것일까? 5년 사이에 대통령이 바뀌고, 정치, 경제 등의 분야에서 여러 변화가 있었지만, 사람들이 삶의 자세 자체를 바꿀 만한 큰 변화는 사실 거의 없었다. 그렇다면 치핵질환이 급증한 다른 원인을 찾아봐야 한다.

치핵은 흔히 앉아 있는 시간과 비례해 생긴다. 의자나 방바닥에 앉아 있는 것이 치핵의 위험 요소다. 과거에 비해 활동량이 크게 줄었다면 치핵질환이 급증할 수 있다. 하지만 2000년대에 들어섰다고 해서 사람들의 활동량이 크게 줄어든 것은 아니다. 특별히 육체 활동 업무보다 사무적인 업무가 크게 늘어나지도 않았다.

그렇다면 이를 능가할 만한 다른 원인이 있다고 볼 수 있다. 사회적인 관점에서 원인을 찾아보자. 과거 치핵은 숨기기에 급급한 질환이었는데, 비교적 자유로운 사회 분위기가 만들어지면서 이제는 항문질환에 대해서 자유롭게 말할 수 있고 진료도 쉽게 받을 수 있게 됐다. 전에는 항문을 내보이는 것이 힘들어 꾹 참고 살았지만, 더 이상 그러지 않아도 되는 사회 분위기가 형성된 것이다. 그러나 사회 분위기가 짧은 시간에 쉽게 변하기는 어렵다. 그렇다면 또 다른 원인을 찾아야 할 것이다.

치핵을 치료하는 의사가 늘었다고 설명할 수도 있다. 실제로 최근

'○○항문외과'와 같이 항문과 관련한 병원 이름이 크게 늘었다는 것은 누구나 아는 사실이다. 거리를 걷다 보면, 항문과 발음이 같은 단어를 병원 이름에 붙인다거나 대장처럼 항문과 가까이 있는 장기 이름을 병원 이름으로 내건 병원을 쉽게 볼 수 있다. 여러 병원들의 진료과목에도 대장, 항문 등이 과거보다 크게 늘었다. 그 결과 병원들끼리 경쟁이 심화되고, 병원에 따라서는 수익 확보를 위해 수술이 필요하지 않은 초기 치핵까지 수술하는 경우도 있다는 분석도 나왔다. 정리하자면, 치핵 수술이 늘어난 것은 여러 원인이 복합적으로 작용한 결과라는 말이다.

이처럼 신문의 기사가 '사실'일 가능성은 매우 크지만, 그 '사실'이 우리 사회의 진실, 그리고 우리의 건강 상태를 보여주는 척도는 아닐 수 있다. 그 진실을 파헤치고 알리는 것이 바로 의학 관련 연구자와 기자들이 할 일이다. 진실을 보여주지 못하는 '사실'은 사실로서 가치가 없다.

치핵이란?

흔히 치질이라고 부르는 질환으로, 항문 안이나 밖의 정맥이 부풀고 염증이 생긴 상태다. 복부에 압력이 가해질 수 있는 상황, 예를 들면 임신, 과체중 또는 비만 등이 이 질환의 원인으로 추정된다. 오래 서 있거나 앉아 있어야 하는 직업 종사자, 화장실에서 오랜 시간 앉아 있는 사람들이 잘 걸린다. 증상은 주로 변에 밝은 색 피가 묻어 나오는 것이다. 종종 항문 주변이 가렵고, 부풀어오른 정맥 조직이 항문 밖으로 밀려나온다. 초기에는 좌욕을 하거나, 생활습관을 교정하거나, 몸무게를 줄이는 것만으로도 좋아진다. 밀려 나온 조직은 초기에는 손가락으로 밀어 넣을 수 있다. 하지만 질환이 어느 정도 진행된 뒤에는 전문적인 치료가 필요하다.

기억에 의해 조작되는 건강 정보

설문조사 결과는 얼마나 믿을 만할까?

아파트와 같은 높은 건물에 들어서는 순간 엘리베이터 문이 닫히면서 올라가버리는 경우를 경험해봤을 것이다. 이때 엘리베이터는 꼭대기 층까지 올라가 버리고, 기다리던 당신은 오랜 시간이 흐른 뒤에야 비로소 엘리베이터에 오를 수 있다. 이런 일을 한두 번 겪고 나면, 꼭 나에게만 이런 일이 일어나는 것만 같다.

지하철을 타기 위해 역에 막 도착했을 때 지하철 문이 닫히고 떠나버리는 경우도 있다. 묘하게도 그 지하철은 매우 한산하고, 다음에 도착한 열차는 어김없이 만원이다. 이런 경험도 한두 번이 아니다.

이와 같은 경우를 두고 우리는 흔히 '머피의 법칙'이라 부른다. '머피의 법칙'은 운수 나쁜 일이 반복되거나 겹쳐서 생기는 현상을 뜻한다. 그런데 이 법칙은 우리 삶에 얼마나 영향을 미칠까?

운수 나쁜 날에 계속해서 운수 나쁜 일만 벌어지거나, 나에게만 운수 나쁜 일이 벌어지는 경우는 실제로 그리 많지 않을 것이다. 정말 이런 일이 많은 사람들에게 벌어진다면 인류의 역사가 지금처럼 발전하기는 쉽지 않았을 테니 말이다.

그런데도 이 법칙에 공감하는 사람들이 많다. 왜 그럴까? 결론부터 이야기하자면, 사람의 기억은 '조작' 되기 때문이다. 당신이 아파트 출입구에 들어선 순간 엘리베이터가 1층에 서 있을 때도 있었고, 3층이나 2층쯤에서 엘리베이터가 내려오고 있을 때도 많았을 것이다. 하지만 이런 운수 좋은 날은 잘 기억나지 않는다. 그냥 나에게 벌어지는 일상 가운데 조금 운이 좋았을 뿐이라고 생각하기 때문이다.

2008년 하반기에 역사교과서 수정 및 보완을 두고 뜨거운 논쟁이 벌어졌다. 그런데 역사의 수정·보완 논쟁은 과거 조선시대에도 존재했다. 《조선왕조실록》을 수정하거나 보완하는 과정에서 치열한 의견대립이 있었다. 지구상에 영원불변한 것은 존재하지 않으며 역사 역시 현재에서나 미래에서 재해석되고 보완될 수밖에 없다. 짧은 개인의 역사도 마찬가지다.

기억의 조작은 건강 관련 조사에서도 나타나기에 그 결과를 해석하는 데에 주의를 기울이지 않을 수 없다. 예를 들어 음식과 건강을 다루는 연구에서 연구자들은 식사 패턴에 대해 설문지를 작성해서 조사 대상자들에게 답을 구한다. 주로 지난 일주일 또는 한 달 동안에 뭘 먹었는지 조사한다. 현실을 정확히 반영해 식습관에 대한 연구를 진행하려면, 무엇보다 조사 대상자가 자신이 무엇을 먹었는지를 정확하게 기억해야 한다.

하지만 지난 일주일이나 한 달 동안 무엇을 먹었는지 정확히 기억하는 사람이 과연 얼마나 되겠는가. "평소 외식을 할 때 주로 무엇을 먹는가?" 하는 질문에 누가 그 메뉴를 일일이 기억하겠는가. 결국 이런 조사에서도 기억의 조작이 이뤄질 수밖에 없다.

많은 중년층에게 어릴 때 가장 맛있게 먹은 음식을 꼽으라면 자장면이라고 답하는 것도 같은 이치다. 가장 기억나는 과일을 말하라면 바나나라고 대답하는 것 역시 마찬가지다. 실제로는 가장 맛있었던 음식이 떡이나 미역국, 곰탕 등이었을 수도 있다. 하지만 당시에 많은 사람들이 맛있는 음식으로 자장면을 꼽았고 그것을 자랑스럽게 여겼다. 때문에 모두들 자장면을 가장 맛있는 음식으로 기억하게 된 것이다. 바나나는 따뜻한 나라에서 수입되는 터라 가격에 관세가 붙는다. 과거에는 엄청난 관세가 붙어 지금보다 가격이 매우 비쌌고 그 때문에 쉽게 먹을 수 없는 귀한 과일이었다. 바나나의 경우 맛보다는 비싼 가격으로 인해 오래도록 기억에 남았을 것이다. 실제로 더 맛있게 먹었던 과일은 감이나 사과일 수도 있지만 말이다.

비슷한 예로 지금의 중년층들이 젊었을 때 친구들과 만나는 약속을 하면서 "언제 대포나 한잔하자"라고 했다면, 요즘 20대나 30대는 "언제 삼겹살에 소주나 한잔해야지"라는 말로 가까운 미래의 만남을 기약한다. 막상 만났을 때는 해물탕이나 참치나 비빔밥 등 다른 음식을 먹더라도 만남의 약속은 '삼겹살에 소주 한잔'인 셈이다.

이런 인사법도 식사습관에 대한 설문조사 결과에 영향을 미쳤을 수 있다. 평소 이런 인사를 나누던 사람들은 '일주일에 고기는 몇 번 먹는가?', '먹으면 무슨 고기를 얼마나 먹는가?', '술은 무슨 술을 얼마나 먹는가?'라는 질문에 일주일에 2~3회 삼겹살에 소주를 한병 먹는다고 자연스레 답할 가능성이 높다는 것이다.

독자들 중에는 왜 이런 쓸데없는 상상을 하느냐고 묻고 싶은 사람도 있을 것이다. 그러나 '2005년 국민건강영양조사' 결과를 보면 이런 상상을 하는 필자의 입장을 이해할 수 있을 것이다. 이에 따르면 30대의 주된 에너지원이 밥 다음으로 삼겹살과 소주였다. 많은 종류의 음식을 먹었을 텐데 이를 화학적으로나 영양학적으로 제대로 분석하지 않고 조사 대상자의 기억에 의존해 결과를 내다 보니, 조사 대상자가 기억을 가장 잘하는 삼겹살과 소주가 다수의 답으로 나온 것이다. 대표적인 인포메이션 바이어스(information bias, 조사 대상자의 기억력의 한계로 정보를 잘못 모으는 비뚤림 또는 오류)인 셈이다.

이런 사례들은 의학적 연구방법론이나 건강하게 사는 법을 다룬 의학 기사 또는 논문에서 수없이 나타난다. 물론 의학 기사가 아닌 다른 영역에서도 숱하게 찾아볼 수 있다.

어떤 음식이 건강을 유지하는 데에 도움을 주는지는 모든 인류의 관심사일 것이다. 만약 인간이 쥐와 같은 실험동물(사실 동물 임상시험은 윤리적으로 문제가 있고, 동물로 실험을 한다고 해서 완전히 똑같은 상황을 연출해 한 치의 오차도 없는 연구 결과를 얻기는 매우 어렵지만)이라면 일정한 조건에서 일정한 시간에 특정 음식을 먹여 음식과 건강과의 관련성을 밝힐 수 있을지도 모른다.

하지만 인간을 대상으로 그런 실험을 하는 것은 현실적으로 불가능하다. 때문에 연구자들은 결국 사람들의 기억에 의존해 어떤 음식을 얼마나 많이 먹는지를 연구하고, 이를 바탕으로 특정 인구 집단의 영양학적 상태에 대해 분석한다.

그런가 하면 당시 사회의 금기 사항으로 인해 식습관에 대한 설문조사 결과에 오류가 나타날 수도 있다. 예를 들면, 우리 사회가 '개를 먹는 것은 야만적이다'라는 서양의 가치관을 받아들이게 되면서, 실제 개를 먹는 사람들은 과거보다 줄지 않았거나 조금 줄었을 뿐인데도 설문조사 결과에서는 개를 먹는 사람들이 크게 준 것으로 나타날 수 있다는 이야기다.

이런 이유들 때문에 특정 음식을 무척 많은 사람들이 먹었거나, 그 음식을 먹고 건강이 아주 좋아졌다는 내용 등을 담은 신문이나 방송 보도가 진실과는 거리가 있을 수 있다는 점을 인식해야 한다. 의학적인 연구 논문이라 할지라도 설문조사에 의한 연구 결과라면 의심을 품어

볼 필요가 있다.

어찌 보면 음식과 건강의 관련성에 대해서는 이미 정답이 나와 있다고 해도 과언이 아니다. 바로 "골고루 적당량을 규칙적"으로 먹으면 된다는 것이다. 이는 그 어떤 의학자와 의사도 부정할 수 없는, 인류의 역사에서 변하기 힘든 진실이다.

문제는 현재 많은 언론사들이 구독률과 시청률을 높이기 위해서 어떤 음식이 어떤 질병에 특별히 좋고 건강을 유지하는 데 도움이 된다는 보도를 끊임없이 내보내고 있다는 점이다. 심지어 특정 약이나 음식을 선전하고픈 식품회사나 제약회사의 의도대로 보도가 나가는 경우도 있다. 그러므로 앞으로 건강 관련 보도들을 접할 때는 기사 밑에 숨어 있는 진실은 무엇인가 한번쯤 의심해보는 습관을 가질 필요가 있다.

필수 영양소란?

우리 몸의 3대 주요 에너지원은 탄수화물, 단백질, 지방이다. 여기에 무기질과 비타민을 합쳐서 5대 필수 영양소라 한다.

우선 과거 우리나라 사람들은 쌀, 보리, 밀가루, 감자, 고구마 등에서 탄수화물을 섭취했다. 설탕이나 꿀에도 탄수화물이 많다. 뇌는 탄수화물만을 에너지원으로 삼기 때문에 탄수화물 섭취가 적으면 활동이 둔감해진다. 이는 수험생들에게 아침 식사를 권하는 이유이기도 하다. 탄수화물을 먹으면 우리 몸은 이를 지방으로 바꿔 저장한다. 때문에 전문가들은 탄수화물 과다 섭취가 뱃살의 주범이라고 지적한다.

탄수화물과 같이 1그램당 4킬로칼로리 정도의 열량을 내는 단백질은 우리 몸의 여러 조직의 주된 구성 성분이다. 근육은 물론 혈액이나 내장 등도 주로 단백질로 구성되어 있다. 때문에 임산부나 성장기 아동 및 청소년들은 단백질을 충분히 섭취해야 한다. 흡수된 단백질은 몸속에서 아미노산으로 분해된다. 또 많은 아미노산은 몸속에서 자체 생산되기도 한다. 하지만 10가지 정도의 필수 아미노산은 몸속에서 생성되지 않으므로 반드시 음식을 통해 섭취해야 한다.

지방은 같은 질량이라도 탄수화물이나 단백질에 비해 열량이 2배 이상 높다. 지방의 과다 섭취에 주의해야 하는 이유가 여기에 있다. 게다가 지방은 몸속에서 지방 형태 그대로 보관된다. 탄수화물과 단백질도 지방 형태로 보관되는데 지방 섭취가 과하면 몸속에 지방이 쌓일 수밖에 없다. 그렇다고 지방을 아예 섭취하지 않으면 심각한 문제가 발생할 수 있다. 지방은 각종 호르몬의 재료가 되는 것은 물론 뇌, 신경, 담즙 등을 만드는 데 필수 요소이기 때문이다. 역시 '골고루 적당량을 규칙적으로' 먹는 것이 정답이다.

자료 수집 과정의 오류

그 환자의 뇌졸중 발생 시점은 과연 언제인가?

흔히 풍이라 부르는 뇌졸중은 한국 사람들의 주요 사망원인 가운데 하나다. 과거에는 뇌혈관이 터진 뇌출혈에 의한 뇌졸중이 많았다면 최근에는 뇌혈관이 막혀 생기는 경우가 더 많다. 뇌경색은 뇌혈관이 막힌 경우를 말한다.

텔레비전 드라마나 영화를 보면 뇌졸중이 발생한 장면은 주로 아침이 배경인 경우가 많다. 그렇다면 실제 뇌경색은 아침에 많이 생길까? 과거 많은 전문가들과 환자 보호자들은 아침에 뇌경색이 많이 나타난다고 생각했다. 왜냐면 밤중에 뇌졸중이 생겨도 자고 있는 동안에는 이를 확인할 수 없기 때문이다. 이미 환자가 뇌졸중이 생겨 의식이 없는 상태에서 아침에 보호자가 이를 발견하고 병원을 찾으므로 드라마나 영화에서 뇌졸중이 발생한 시점을 아침으로 그리게 되는 것이다.

의사도 응급실 당직을 서더라도 아침에 퇴근할 때나 되어서야 뇌졸중으로 의식이 없는 환자를 맞게 된다. 결국 환자를 발견한 보호자나 환자를 치료해야 하는 의사 모두 아침에 환자를 보게 되고, 그렇게 해서 환자를 발견한 시점이 질병의 발생 시점으로 굳어지는 것이다.

하지만 뇌경색에 대한 연구 결과들을 보면 발생 시점이 아침이 아니라 이보다 조금 더 이른 시간인 새벽인 경우가 대부분이다. 우선 뇌경색은 심장에 이상이 생기거나, 다른 원인으로 뇌혈관에 피가 공급되지 않거나, 혈관 자체가 막힌 뒤에 발생한다. 보통 혈압이 높으면 뇌경색이 생길 위험성이 커진다고 하는데, 높은 혈압에 적응하기 위해 혈관이 두꺼워지면서 혈관의 탄력성이 떨어지고 그만큼 혈관이 좁아지기 때문이다. 이런 상황에서 혈관에 피가 적게 공급되면 뇌경색이 나타날 가능성이 커진다. 피가 굳어진 피떡(혈전)이 생기는 것도 원인이 될 수 있다.

그런데 혈압은 밤 11시쯤에 잠이 들었다면 새벽 3시쯤에 가장 낮아진다고 한다. 그 후 차차 오르기 시작해 잠에서 깨서 활동을 시작하면 평소 자신의 혈압 수준을 되찾는다. 문제는 상처가 났을 때 피를 굳게 만드는 혈액의 한 성분인 혈소판의 기능 역시 혈압이 오를 때 가장 활발해진다는 점이다. 혈소판은 상처가 났을 때 피가 더 이상 흐르지 않도록 굳게 하는 작용을 돕는다. 혈소판의 기능이 활발해지면 상처가 나지 않아도 피가 굳을 수 있다. 이는 혈관 속을 흐르고 있는 피도 마찬가지다. 새벽 3시 이후 혈소판의 기능이 활발해지면 상대적으로 피가 잘 굳을 가능성이 있는데, 그때 동맥경화와 같은 여러 이유로 뇌혈관이 좁아져 있다면 혈관이 막힐 가능성이 높아진다. 이처럼 혈관 속에 있는 피가 굳어서 혈전이 되고, 이 혈전이 돌아다니다가 뇌혈관처럼 직경이 작은 혈관을 막으면 뇌경색이 발생한다.

결국 엄밀하게는 새벽 3~4시쯤 뇌경색이 생겼으나, 환자는 그 사실을 알릴 수 없고, 같은 집이나 바로 옆에서 자던 보호자는 아침이 되어서야 환자를 발견하는 것이다.

어차피 이른 아침과 새벽 3~4시는 기껏해야 2~3시간밖에 차이가 나지 않는데 그게 무슨 대수냐고 묻는 사람들도 있겠다. 하지만 뇌경색과 뇌졸중은 몇 분에서 몇 시간 만에 치료를 얼마나 빨리 시작했느냐에 따라 사망에 이를 수도 있고, 또는 반신마비와 같은 후유증에 큰 차이가 생긴다. 뇌혈관이 막혀 뇌경색이 생겼다면 보통 3시간 정도, 늦어도 6시간 안에는 혈전용해제 등을 써서 막힌 부분을 뚫어야 한다. 그 이후에 치료를 해도 후유증이 거의 나타나지 않는 사람도 있지만 대부분은 후유증이 생기거나 사망할 가능성이 크다. 때문에 뇌경색과 뇌졸중의 발견 시각은 대단히 중요하다.

뇌경색과 관련해 많은 사람들이 잘못 알고 있는 것 가운데 하나가 계절과 뇌경색의 관련성이다. 흔히 뇌졸중이 겨울에 많이 생기고 마찬가지로 뇌경색도 따뜻한 계절에는 별로 나타나지 않는다고 생각한다. 큰 차이는 아니지만 굳이 따지면 뇌경색은 겨울과 여름에 많이 생긴다. 실제로 국내 여러 병원의 뇌졸중 환자 실태 분석 결과를 살펴보면 이 사실을 확인할 수 있다.

여름철에 뇌경색이 많이 생기는 이유는 새벽에 뇌경색이 생기는 이유와 비슷하다. 여름철에 땀을 많이 흘리면 혈관 속 피의 농도가 진해지는데, 이 때문에 피가 굳어서 혈전이 생길 가능성이 높아진다. 여름철에 운동을 하거나 평상시에도 물을 많이 챙겨 마셔야 하는 여러 이유 가운데 하나가 바로 뇌경색을 예방하기 위해서다.

뇌경색처럼 질병의 발생 시점을 환자도 모르고, 보호자도 모르고, 의사도 잘 모르는 질환은 그만큼 발생 시점을 정확히 밝히기 어렵다. 이런 이유로 어떤 질병의 발생 시간은 물론 발생률까지도 잘못 파악될 수 있다.

의사들이 갑자기 특정 질환을 열심히 수술하거나 찾아내게 되면서 특정 질환의 발병률이 높아진 것처럼 보이는 경우도 있다. 사람들이 치료를 잘 받지 않기 때문에 과거에는 잘 나타나지 않는 것으로 여겨지던 질환이 어느 순간, 어떤 사건을 계기로 진단받는 경우가 늘고 수술을 비롯한 여러 치료가 늘면서 발병률이 상승하는 것이다.

갑상선암은 자료 수집의 오류를 보여주는 대표적인 질환 가운데 하나다. 이는 진단 기술에서 비롯된 차이다. 보건복지가족부와 국립암센터가 주관하는 중앙암등록센터의 자료를 보면 갑상선암의 발생률 변화

갑상선암과 유방암의 발생률 변화 추이

암 종류	2000년		2005년	
	발생 건수 (건)	인구 10만명당 발생률(%)	발생 건수 (건)	인구 10만명당 발생률(%)
갑상선암	3288	6.9	1만 2649	23.8
유방암	5744	12.5	9898	18.0

＊자료 : 보건복지가족부, 암중앙등록본부

연도   인구 10만명당 발생률

2000년   갑상선암(6.9)
유방암(12.5)

2005년   갑상선암(23.8)
유방암(18.0)

＊자료 : 보건복지가족부, 암중앙등록본부

는 놀라울 정도다. 1999년에 3325건의 갑상선암이 발생했다면, 2002년과 2005년에는 각각 5438건, 1만 2649건으로 늘었다. 해마다 평균 24.8퍼센트 증가해 6년 만에 거의 4배나 늘어난 셈이다. 실로 엄청난 증가율이다. 그 사이 자궁경부암이나 간암의 발생은 오히려 감소했고, 유방암이나 대장암은 해마다 6.6~6.7퍼센트 늘었다.

갑상선암이 최근 들어 급격히 증가한 이유를 두고 의견이 분분하다. 갑상선암의 위험 인자로 꼽히는 환경이나 음식 섭취의 양태가 최근에 별로 달라지지 않았기 때문이다. 해외 보고에 따르면, 체르노빌 원자력 발전소 폭발 사건 뒤 원자력발전소 주변에 사는 사람들에게서 갑상선 암이 크게 늘었다. 하지만 우리나라에서 원자력발전소가 폭발하거나 심각한 원자력 누출 사고가 있었던 것도 아니며, 갑상선암의 원인으로 지목되는 요오드의 섭취가 급격히 늘지도 않았다.

그렇다면 다른 원인이 있을까? 이에 대해 관련 학자들은 진단 기술의 발달 때문이라 설명한다. 다시 말해 갑상선암처럼 암이 생겨도 오랜 기간 생명을 위협하지 않는 암은 기술이 조금만 좋아지면 진단되는 경우의 수가 급격히 늘어날 수 있다는 것이다.

언론이 갑상선암의 위험성을 강조하면 그 피해를 충분히 줄일 수 있다. 갑상선암이 해마다 25퍼센트에 가까운 증가율로 늘어나고 있다는 것이 사실이라는 가정 아래 이에 대한 조기 발견 검사를 강화해야 한다고 주장하거나, 이에 대한 치료비 보상 비율을 올려야 한다는 언론 보도가 계속되면 갑상선암의 예방과 치료 문제는 지금보다 개선될 수 있다.

하지만 위의 자료의 진실은 갑상선암이 다른 암에 비해 급격히 늘어 우리 건강을 크게 위협하기 시작했다는 것이 아니라, 최근 진단 기술의 발달로 진단율이 높아졌을 수 있다는 것이다. 반면에 여전히 많은 질병들이 치료는커녕 진단조차 제대로 이뤄지지 않고 있지만 이런 사실들이 알려지지 않는 경우도 많다.

이처럼 자료 수집의 오류는 그것을 믿고 따르는 사람들의 질병에 대한 인식을 잘못된 방향으로 이끌 수 있고, 질병에 대한 정책에도 영향을 미칠 수 있다는 점에서 꼭 짚고 넘어가야 할 문제다.

뇌경색이란?

흔히 '풍' 이라 부르는 뇌졸중은 뇌 조직에 영양분과 산소를 공급하는 뇌혈관에 문제가 생겨 발생한다. 한 번 생겼다 하면 심할 경우 목숨을 잃을 수 있다. 쓰러지고 난 뒤, 의식을 회복해도 하반신마비 또는 반신마비 등이 일어나거나 언어장애와 같은 심각한 후유증을 겪을 수 있기 때문에 매우 치명적인 질환으로 분류한다. 과거에는 뇌혈관이 터져 생기는 뇌출혈로 인한 뇌졸중이 많았다면, 비만이나 고콜레스테롤혈증 등이 늘어난 요즘에는 뇌혈관이 막혀서 생기는 뇌경색으로 인한 뇌졸중이 더 많다.

뇌경색은 고콜레스테롤혈증이나 고혈압, 당뇨, 비만, 흡연 등을 없애면 발생 위험을 줄일 수 있다. 또 혈관의 탄력성을 유지하고, 혈관에 피를 잘 공급할 수 있도록 심장 건강을 지키기 위해 규칙적인 운동을 하는 것도 많은 도움이 된다.

건강염려증을 조장하는 언론

건강 기사는 어디까지가 진실일까?

"**어린이** 천식환자 급증, 부모가 호흡기건강 관심을."

"만만한 전립선암? NO!… 한국인은 더 악성? 글쎄?"

"심한 근시도 질병으로 인식해야."

"급작스러운 살빼기 지방간 부른다."

"비만으로 다리 동맥경화 급증."

"위식도 역류질환 급증."

"40대 돌연사 급증."

최근 언론에 등장한 질병 및 건강 관련 기사의 제목들이다. 모든 기사는 아니지만 상당수의 기사가 이런 제목으로 독자들의 시선을 끌고 있다. 본인이 병에 걸렸거나, 가족이나 주변 사람들이 어떤 질병을 앓고 있거나, 건강에 관심이 많다면 이런 제목의 기사를 보고 그냥 지나치기가 쉽지 않다. 그런데 언론에 노출된 제목의 내용들이 과연 현실을 제대로 반영하고 있을까?

건강 기사가 만들어지는 과정을 살펴보자. 우선 건강 관련 기사는 주로 의사, 한의사, 치과의사 등 의료계 전문가들을 취재해 작성된다. 특히 의사가 가장 많고, 다음으로 한의사가 많다. 종종 물리치료사나 영양사 등도 등장하고, 심리학자처럼 병원에 근무하지 않는 직업군도 등장하지만 대부분은 의사나 병원 또는 의원 등에서 일하는 의료진을 취재한다.

건강 관련 기사를 볼 때 주의할 점은 전문가들이 제시할 수 있는 정보의 수준과 독자 또는 시청자가 원하는 정보의 기대치가 다르다는 것이다. 대다수의 신문 독자나 방송의 시청자들은 아직까지는 질병을 앓고 있지 않을 가능성이 높다. 예를 들어 30대 독자와 시청자들 가운데 고혈압이나 심장질환, 당뇨 등에 걸린 사람은 많지 않다. 이들은 평소 생활에서 어떻게 하면 좀 더 건강하게 살 수 있는지에 관심이 많다. '하루에 햇볕은 얼마나 쬐어야 하는가', '운동은 아침에 하는 것이 좋은가, 밤에 하는 것이 좋은가', '식사는 두 끼만 하는 것이 좋은가, 세 끼를 다 먹는 것이 좋은가', '컴퓨터 작업은 건강을 얼마나 해치는가', '평소 생기는 가벼운 가슴 통증은 어떻게 해야 하는가' 등이 그들의 주된 관심사다.

하지만 몸에 어느 정도의 이상이 생기고 질병이 진행되어야만 조언해줄 수 있는 의료 전문가(의사, 한의사 등)들은 독자들의 이런 질문에 답을 쉽게 내놓지 못한다. 골다공증을 예로 살펴보자. 골다공증을 예방하기 위해서는 어느 정도 햇볕을 쬐어야 한다. 햇볕은 골다공증 예방에 필요한 비타민 디(D)를 생성시키기 때문이다. 그렇다고 지나치게 많이 쬐는 것은 좋지 않다. 햇볕은 피부 노화를 일으키기 때문이다. 골다공증과 피부 노화를 동시에 막기 위해서는 햇볕을 쬐는 시간을 적절하게 조절해야 하는데, 그 시간을 정확히 제시하기란 쉽지 않다. 아직 이와 관련한 조사나 연구 결과도 별로 없다. 자연이 햇볕을 무한 공급하고 있으니 조사나 연구의 필요성을 잘 느끼지 못하는 경우가 많을 뿐더러 막대한 비용이 들기 때문이다.

그래서 건강 관련 기사에 등장하는 여러 의료 전문가들은 의학적인 상식 수준의 이야기를 해줄 뿐이다. 예를 들어 "식사는 하루에 몇 번 하느냐가 중요한 것이 아니라 규칙적으로 하면서 영양분을 골고루 섭취하는 것이 중요하다. 하지만 과식은 몸에 좋지 않다. 아침 식사는 챙기는 것이 오전의 활동을 위해서도 좋다"라고 설명하는 데에 그치는 것이다. 그러면서 한 가지 사실만은 반드시 권고한다. 어떤 증상들이 가능성은 낮지만 특정 질병의 원인이 되는 증상일 수 있으므로 꼭 전문의를 찾아보라고 이야기한다.

담당 기자가 많은 사람들이 흔히 겪는 가슴 통증에 대한 기사를 쓰면서 '대부분은 근육이나 뼈에 생긴 통증으로 큰 문제는 아니기에 안심해도 좋다. 다만 고혈압, 당뇨, 고지혈증 등을 앓거나 비만인 40세 이상의 사람은 심장에 이상이 생길 수도 있으므로 주의해야 한다'라고 썼다고 치자. 평소 가슴 통증을 느껴본 사람들도 이런 내용을 보면 대부분 큰 문제가 아닐 것이라며 별로 관심을 갖지도 않고 내용을 기억할 가능성도 낮다. 자신의 상황과 잘 맞지 않기 때문이다.

하지만 조금 달리해서 기사에 '고혈압, 당뇨, 고지혈증 등을 앓고 있는 40세 이상은 심장에 빨간불!'이라고 썼다고 치자. 상황은 크게 달라진다. 심장에 문제가 생기면 사망하거나 뇌에 손상을 입어 반신불수가 된다는 심각한 내용까지 들어 있으면 사람들은 기사에 더욱 많은 관심을 갖게 된다.

다시 순서를 바꿔서 가장 극한 상황을 앞으로 옮기면 주목을 크게 끌수 있다. 편집 과정에서 제목을 '40대 돌연사 급증, 가슴 통증 유의해봐야'로 쓰면 독자들이 느끼는 심각성은 더욱 커진다.

자신의 기사가 독자들의 주목을 받지 않기를 바라는 기자는 없다고 해도 과언이 아니다. 때문에 편집 과정에서 약간의 과장이 일어나도 이를 용인할 기자들이 아마 적지 않을 것이다.

또 다른 예를 들어보자. "배 아프다 우는 아기⋯ 혹시 장중첩증?"이라는 제목의 기사가 뜬 적 있다. 말을 못하는 아이들이 아프다고 우는 것만큼 부모를 가슴 아프게 하는 일도 없을 것이다. 부모들은 원인조차 몰라 당황하기 십상이고 이 때문에 우는 아이를 업고 응급실로 달려가기 일쑤다. 만약 아이가 배가 아프면 '장중첩증'을 의심해봐야 한다는 기사를 읽었다면 더욱 그러기 쉽다.

실제로 장중첩증은 중증질환 가운데 하나다. 간략히 설명하자면, 위쪽 창자가 아래 창자 속으로 밀려들어 가서 장이 막히는 것이다. 오래 두면 장의 혈액이 순환되지 않아 장의 일부분이 죽을 수도 있다. 주요 증상은, 심한 통증이 갑작스럽게 나타나기 시작하고 그런 통증이 주기적으로 반복된다. 말을 못하는 아이는 갑자기 자지러지게 울면서 다리를 배 위로 끌어당기고 먹은 것을 토한다. 1~2분 동안 이런 증상을 보이고 5~10분 동안은 언제 그랬냐는 듯이 아무런 증상이 없는 상태가 반복된다.

한 가지 기억할 점은 이런 장중첩증이 그리 흔한 질병이 아니라는 사실이다. 조사에 따라 차이는 있겠지만 대체로 어린아기 1000명당 1~4명이 장중첩증을 앓는다. 그리고 장중첩증이 생긴 나이대를 보면 환자의 60퍼센트가 1세 미만이고 80퍼센트가 2세 이하다.

하지만 소아청소년과 의사들은 배가 아픈 아기 환자가 내원하면 장중첩증의 가능성을 굉장히 주의 깊게 살핀다. 수련의(인턴)나 주치의(레지던트) 1년차들이 배가 아파서 온 어린아이를 진찰하면서 이를 확인하지 않고 그냥 보냈다가, 상급 의사에게 꾸중을 듣고 돌려보낸 아이를 다시 찾기 위해 동사무소나 경찰서까지 찾아가 아이의 주소를 알아냈다는 일화도 많다.

사정이 이렇다 보니 의사도 자연스레 장중첩층에 대해 강한 인상을 갖고, 기자에게도 그렇게 설명한다. 기자는 그보다 좀더 과장해서, 어린아이가 배가 아프면 '무조건' 이 질환부터 의심해봐야 한다는 내용으로 기사를 작성한다.

건강 기사가 오히려 '건강염려증' 을 만드는 것이다. 객관적인 사실 그대로를 설명했다면 부모들이 그렇게까지 당황하거나 놀라지 않고 아이의 통증에 대처할 수도 있는데 말이다. 물론 그렇다고 해서 병원을 찾지 말라는 이야기는 아니다. 다만 병원을 찾더라도 정확히 알고 찾자는 것이다.

병원을 웃게 하는 건강 기사

가슴 통증은 심장질환부터 의심하라?

가슴 통증이 있을 때는 어떤 의사와 병원을 찾아가야 할까? 가장 이상적인 의사는 평소 자신에 대해 잘 알고, 건강검진 결과와 관련 임상 정보를 알고 있는 의사, 즉 주치의다. 주치의가 없는 경우에는 어느 의사를 찾아야 할지 고민스럽다. 마침 병원을 찾으려고 하는데, 위중한 상태일지 모르니 큰 병원으로 가야 할 것 같다. 해당 기사에서 기자가 취재한 의사들도 대부분 대학병원을 비롯한 대형병원의 교수들 아닌가.

현행 의료제도에서는 동네의원을 들르지 않고 곧바로 대학병원을 찾으면 건강보험 적용을 받지 못하므로 우선 동네의원부터 들러야 한다. 가슴 통증에 대해 이야기를 들은 동네의원 의사들은 증상에 대해 몇 가지 질문을 던지고 청진기를 대본 뒤, 환자의 요구대로 진료의뢰서를 작성해준다. 물론 일부 의사들은 그 환자가 평소 고혈압, 당뇨, 고지혈증을 앓고 있는지, 흡연 및 음주 여부와 양, 가족력 등을 확인하고, 환자의 상태에 따라 답을 내놓는다. 가슴 통증은 가슴이나 가슴 주변 근육이나 뼈에서 오는 통증이 가장 흔하므로 크게 걱정하지 않아도 된다며 안심시키는 경우도 있다. 하지만 무조건 큰 병원으로 가겠다며 진료의뢰서를 작성해달라는 환자의 요구를 거스르면서까지 충고할 의사를 찾기는 쉽지 않다.

그렇게 해서 가슴 통증 환자는 대학병원으로 향하게 된다. 대학병원을 찾으면 외래에서 매우 짧은 시간 동안 유명 교수의 특진 진료를 받을 수 있다. 대기하는 동안 혈압이나 혈당 등을 재는 경우도 있는데, 그날의 기분이나 날씨 등에 매우 민감한 혈압은 병원에 왔다는 사실만으로도 높아질 수 있다. 심장에 문제가 생긴 것은 아닐까 생각하고 있었다면 그 생각 자체만으로도 혈압이 올라갈 수 있다. 하얀 가운을 걸친 의사나 간호사만 봐도 혈압이 정상보다 크게 오른다는 '백의 고혈압'이 나타나기도 한다. 혈압을 제대로 측정하기 위해서는 환자를 안정시킨 뒤 일정 시간 간격을 두고 세 번 정도 재서 평균을 구해야 하지만 이런 절차를 거치는 병원은 흔치 않다.

대학병원의 의사들은 대개 시간이 많지 않다. 의사의 질문과 환자의 답이 충분히 오고 가야 환자의 증세에 대해 정확한 판단이 가능한데, 환자가 많은 대학병원에서는 현실적으로 어려운 일이다. 사실 심장의 통증은 환자와 의사의 충분한 대화와 청진기를 통한 청진 등을 통해서도 어느 정도 그 원인을 확인해볼 수 있지만, 그럴 수 있는 시간이 없다는 뜻이다.

게다가 대학병원의 특진 의사에게 진찰을 받는다면 상황은 또 다르다. 가슴 통증은 단순한 걱정거리가 있거나 가슴 근육이나 주변 근육 이상으로 생기는 가벼운 통증에서 비롯되기도 하고, 정말 심근경색증과 같은 중한 질병 때문에 나타나기도 한다. 그런데 대학병원의 특진 의사들은 주로 심근경색증과 같은 중한 질병을 앓고 있는 환자들을 많이 본다. 전공의 과정을 거치고 주치의로서 큰 병원에서 일하며 접하는 환자는 대부분 심각한 환자들이다. 물론 모든 의사들은 의과대학 시절에 교과서나 수업 등을 통해서 가슴 통증의 다양한 원인을 배운다. 또는 전공의 시절에 동네의원이나 시골 병원 등에서 가슴 통증을 호소하는 환자를 접하는 경우도 있다. 하지만 비교적 오랜 시간 대학병원에서 일하며 중환자들을 많이 봐온 터라 가슴 통증을 호소하는 환자를 보면 자연스레 중한 병을 먼저 떠올리게 되는 것이다.

이러한 이유들 때문에 대부분의 의사는 값비싼 검사까지 동원하며 가슴 통증의 원인을 알아내려 한다. 환자들 역시 의사의 설명보다는 객관적인 검사 결과를 원한다. 의사도 길게 설명하기보다는 검사 결과를 제시하는 편이 더 낫다. 병원 경영자의 입장에서도 의사가 환자들에게 구구절절 설명하기보다는 검사를 하나 더 받게 하고 다음 환자를 진료할 시간을 버는 것이 이익이다. 게다가 이미 언론의 건강 정보를 본 사람들은 어떤 검사가 좋은지 잘 알고 있다. 언론의 건강 정보에는 새로운 의료기기를 소개한 내용이 많고, 그 의료기기만 쓰면 몸에 있는 모든 질병이나 이상 유무를 낱낱이 밝힐 수 있다고 쓰여 있기 때문이다.

그러나 실제 검사 결과, 이상이 눈에 띄는 경우는 그리 많지 않다. 심근경색이나 협심증 등 심장질환은 그리 흔히 발생하지 않기 때문이다. 병원을 찾은 환자는 아무런 이상이 없는 것을 확인하면 안심하며 병원을 나설 수 있다. 몇 가지 검사를 받으면서 수십만 원에서 많게는 수백만 원까지 돈을 썼을지언정, 심장병이 아니라는 진단에 안심하게 될 것이다.

의사는 아마도 그 환자를 기억하지도 못할 것이다. 정말 짧은 순간 몇 가지 질문을 던졌을 뿐이기 때문이다. 값비싼 검사를 의뢰했지만 그가 만나는 그런 환자는 하루에도 수백 명이다. 병원 측은 수억 원대에 이르는 값비싼 장비를 놀리지 않을 수 있어서 좋다.

병원 입장에서 보면 언론사들의 건강 정보가 참 많은 도움을 준다. 반드시 병원을 찾아야 할 사람도 있겠지만, 대부분은 동네의원을 찾아 안심해도 된다는 간단한 설명과 평소 이를 막을 수 있는 예방법을 듣고 실천해도 될 가벼운 증상만을 보이는 데 그친다. 그런데도 언론사들의 많은 건강 정보는 이를 중한 병으로 의심해 병원까지 오게 만든다. 게다가 평소에도 많은 의료기기의 우수성에 대해 소개하니, 조금이라도 증상이 있는 사람들은 값비싼 검사를 받는 것에도 거부감이 없다.

그렇다면 독자들이 이런 건강 정보에서 얻어야 할 것은 단순한 의료기기 정보가 아니다. 가슴 통증은 원인을 제거하지 않으면 언젠가는 또 같은 통증이 나타난다. 심장질환의 위험 요소를 제거하도록 생활습관을 바꾸지 않으면 심장질환이 나타날 가능성이 커진다. 드물지만 첨단 의료기기를 동원해도 이상을 발견하지 못하면 그 피해 역시 고스란히 환자의 몫이 된다. 독자들은 건강 정보를 참고해 스스로 생활습관을 바로잡도록 노력하고 검사에 쓸 돈을 체력단련을 하거나 식사의 질을 높이는 데 투자하는 것이 훨씬 낫다.

가슴 통증이란?

한문으로는 흉통이라고 하며, 병원에서도 흔히 이렇게 부른다. 드물지만 심장 근육에 피를 공급하는 혈관이 막히거나 좁아진 상태처럼 목숨을 잃을 수 있는 질환에서 나타나는 증상이다. 하지만 대부분은 과다한 노동이나 운동, 오랜 시간 바르지 못한 자세로 서거나 앉아 있을 때 생기는 경우가 많다. 이를 근육이나 뼈에서 오는 통증이라 하여 근골격계 통증이라 부르기도 한다. 이런 통증은 며칠 쉬면 대부분 좋아지나, 간혹 진통제와 같은 약을 써야 하는 경우도 있다.

식도나 위장에 생긴 이상이 흉통의 원인이 되기도 한다. 식도는 먹은 음식이 입에서 위장까지 내려가는 기관인데, 위장에서 분비되는 강한 산성액이 식도로 넘어올 때 가슴 통증이 생길 수 있다. 이때 속이 쓰린 듯한 느낌이 드는 경우가 많다. 이는 위장의 산성액 역류를 방지하도록 생활습관을 개선하거나 약을 써서 치료할 수 있다.

심장의 문제로 생기는 흉통은 매우 주의해서 봐야 한다. 심장 근육에 피가 공급되지 않으면 심장은 펌프질을 할 수 없게 되며, 이런 상황이 방치되면 목숨을 잃을 수 있다. 또 하반신마비, 편마비, 언어장애 등 심각한 후유증이 발생할 가능성이 높다. 특히 당뇨, 고혈압, 고지혈증 등이 있거나 평소 담배를 많이 피운 사람들에게 이런 통증은 위험 신호가 될 수 있으므로 주의해야 한다.

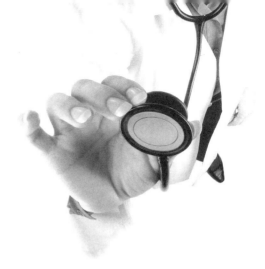

2장 · 환자 늘리는 사회

Health Literacy

수술 권하는 사회

허리 통증은 무조건 병원으로 달려가라?

몇 년 전에 비해서 허리 통증에 수술 대신 다른 치료 방법을 권하는 기사가 많이 늘었다. 하지만 여전히 수술을 권장하는 기사가 많다. 디스크질환을 앓고 있는 젊은 여성에게는 내시경을 이용한 수술이 안성맞춤이라거나, 나이가 들면서 나타나는 허리 통증은 참지 말고 수술을 택하는 것도 한 방법이라는 기사들이 눈에 띈다.

젊은 사람들을 비롯해 나이든 어른 가운데 허리 통증을 한 번이라도 겪어보지 않은 사람이 있을까? 실제 국민건강보험공단 진료 통계를 보면 허리 통증은 감기 다음으로 한국인에게 흔히 나타나는 질환이다. 관련 전문의들의 조사 자료를 보면 전체 인구의 80~90퍼센트가 평생에 한 번 이상은 허리 통증을 경험하고, 만성적인 허리 통증에 시달리는 사람도 전체 인구의 7~10퍼센트에 이른다.

허리 통증은 이처럼 흔하게 나타난다. 그런데 많은 사람들이 허리 건강이 전체 몸의 건강 가운데 핵심이라고 여긴다. 그래서 허리가 조금이라도 아프면 큰 병이라도 난 것처럼 생각하기 쉽다. 하지만 거의 대부분의 허리 통증은 하던 일에서 벗어나 잘 쉬면서 적당히 움직이면 좋아진다. 다시 말해 수술까지 받아야 하는 경우는 거의 없다. 그런데 우리 사회에서는 허리 통증에 대해 수술이 곧잘 권장된다. 수술로 근본적인 치료를 할 수 있는 것은 아니지만 많은 의료진들이 '통증을 왜 참느냐'며 수술을 권한다.

이쯤 되면 고민이 필요하다. 수술을 받는 것이 좋은지, 아니면 허리 통증이 생겼을 때마다 좀 쉬면서 허리 통증이 가라앉도록 하는 것이 좋은지 판단해야 한다. 이보다 가장 좋은 방법은 아예 허리 통증 자체가 생기지 않도록 예방하는 생활습관을 들이는 것일 테고 이에 이의를 제기할 사람은 없을 것이다.

흔히들 허리 통증이 생기면 곧바로 디스크질환(정확히 말하면 디스크탈출증)과 연결시켜 생각하는 오류를 범한다. 그만큼 디스크질환이 널리 알려졌기 때문일 것이다. 하지만 대부분의 허리 통증은 디스크질환과는 무관할 가능성이 높다. 디스크질환은 전체 허리 통증의 원인의 4퍼센트에 불과하다는 연구 결과도 있다.

허리 통증이 생기는 원인은 매우 다양하다. 심지어 원인 자체를 파악하기 힘든 경우가 대부분이다. 일단 알려진 원인들을 살펴보면, 척추를 떠받드는 근육이나 인대의 이상이 단순하면서도 가장 주된 원인이다. 때문에 전문가들은 대개 "허리 통증이 생기면 허리 근육에 무리를 주는 일을 하지 말라!"고 말한다. 드물지만 척추 사이의 디스크가 돌출돼 신경을 건드리는 경우에도 통증이 생길 수 있다. 이보다 더 드물게는 유방, 폐 등 다른 장기에 생긴 암 세포가 척추에까지 퍼져 허리에 통증이 나타나는 경우도 있다.

왜 관련 전문의들이 쉬면서 통증을 다스리라고 하는지 알아보자. 우선 통증 자체에 대한 고찰이 필요하다. 어떤 부위에 통증을 느끼는 것은 우리 몸이 그 부위를 스스로 보호하기 위해 뇌에 신호를 보내기 때문이다. 통증을 느낄 정도라면 통증을 유발하는 일이나 자세를 피해야 한다.

오래 서 있거나, 불편한 자세로 오랜 시간 일을 하면 아무리 건강한 사람이라도 허리가 아플 수밖에 없다. 이때는 자세를 바꿔야 한다. 고정된 자세로 일을 할 경우에는 일정 시간 쉬어야 한다. 평소 일을 할 때에도 1시간 정도 일을 했다면 10분 정도는 허리를 펴고 기지개를 켜면서 허리가 불편한 상태에서 벗어날 수 있도록 하는 것이 허리 통증을 예방하는 지름길이다.

허리 통증을 예방하고 줄이는 근본적인 방법은 허리의 자세를 바로잡는 것이다. 우선 평소 의자에 앉을 때 엉덩이를 깊숙이 뒤로 밀어 넣어서 앉고, 허리를 곧바로 세운다. 구부정하게 앉으면 그만큼 척추에

무리가 간다. 의자는 바퀴가 있어서 미끄러지는 의자보다는 고정된 것이 좋다. 움직이는 의자는 허리 근육을 긴장시키기 때문이다. 의자의 높이는 앉았을 때 발바닥이 바닥에 충분히 닿도록 해야 한다. 다리가 공중에 떠 있으면 역시 허리 근육과 인대 등에 하중이 실려 허리 통증을 부르기 쉽다. 허리 곡선을 유지할 수 있도록 허리 받침이 있으면 더욱 좋다.

서서 일할 때에도 허리를 보호하는 방법이 있다. 이때는 한쪽 다리를 올려놓을 수 있는 발판을 준비하면 좋다. 한쪽 다리를 구부려주면 허리에 생기는 부담이 줄어들기 때문이다. 신발의 높이도 허리에 많은 영향을 미치는데, 3.5센티미터 이상의 하이힐은 허리 통증을 일으킬 가능성이 크므로 삼가는 게 좋다.

허리 통증을 예방하기 위해 딱딱한 침대나 바닥에 자는 것이 좋다고 여기는 사람들이 많은데, 사실은 그렇지 않다. 침대의 매트리스는 너무 부드럽거나 딱딱한 것보다는 탄탄한 탄력을 가진 것이 좋다. 그래야 척추의 배열을 자연 상태로 유지할 수 있기 때문이다.

만약 디스크질환이 허리 통증의 원인이라면 어떻게 해야 할까? 이 역시 대부분은 수술할 필요가 없다. 잘 쉬면서 적당히 움직이면 저절로 좋아지는 경우도 많다. 앞에서 설명한 방법으로 허리 건강을 유지하면 통증이 점차 사라질 것이다.

물론 수술이 필요할 정도로 증상이 심각한 경우도 있다. 관련 의학계에서는 디스크질환에서 수술이 필요한 경우를 몇 가지로 정리해놨다. 예를 들어 통증이 허리뿐 아니라 다리에까지 뻗치고, 허리 통증과 함께 다리에 힘이 빠지거나 저린 증상이 같이 나타날 때나 대소변을 조절하지 못할 때처럼 심한 신경학적 이상까지 동반하는 경우다. 그러나 이 경우에도 무조건 수술부터 고려해볼 일은 아니다.

하지만 현실은 그렇지 않다. 사회가 수술을 권하고 있다. 특히 많은 기사들이 허리 통증에 대한 수술을 권하고 있으며 많은 환자들이 해당 기사 내용만을 믿고 병원으로 몰려들고 있다. 안타까운 일이다.

Tip

허리 통증을 막는 생활법

허리 통증을 줄이려면 자는 자세도 바로잡아야 한다. 우선 베개를 잘 골라야 한다. 너무 높은 베개를 사용하는 것도 문제지만 아예 베개를 쓰지 않는 것도 좋지 않다. 베개의 폭은 목과 어깨를 넓게 받쳐주는 정도가 좋다.

허리가 아프다고 엎드려 자면 허리 통증은 오히려 더 심해진다. 예방에도 전혀 도움이 되지 않는다. 이보다는 무릎 밑에 약간 높은 베개를 놓아서 무릎이 조금 구부러지게 하면 누웠을 때 허리에 부하가 줄어들어 통증 개선에 도움이 될 수 있다. 자고 난 뒤 아침에 허리 통증이 있다면 잠들기 전에 누워서라도 스트레칭을 하는 것이 좋다.

척추를 받치고 있는 근육과 인대를 강화하면 허리 통증을 근본적으로 예방할 수 있다. 이를 위해 적절한 운동이 필요한데, 맨손체조나 스트레칭과 같은 정적인 운동이 도움이 된다. 또 빠르게 걷기나 조깅, 수영 등 온몸 운동도 근육 강화에 이롭다. 단, 이미 허리 통증이 있는 사람은 의사와 충분히 상담한 뒤 운동 종목을 정하는 것이 좋다.

허리에 좋은 스트레칭은 흔히 '고양이 자세'로 부르는 운동이다. 방법을 살펴보면, 우선 엎드려서 고양이처럼 네 발로 기는 자세를 취하고, 이 자세에서 엉덩이는 그대로 두고 허리만 최대한 아래로 내린다. 이때 머리는 천장을 바라본다. 5초 정도 이 자세를 유지한 뒤 다시 허리를 최대한 위로 올리고 머리는 아래로 숙인다. 동작을 번갈아 5초 정도 유지하는 것이 한 사이클이다. 10회에서 15회 정도 반복한다. 이 운동을 하면 허리 근육과 인대가 펴지면서 통증을 예방할 수 있다. 또한 이미 있는 통증을 줄이는 데에 도움을 준다.

다른 관절질환이 그렇듯이 적절한 몸무게 관리도 허리 통증 예방에 큰 도움이 된다. 비만은 무릎과 엉덩이 관절은 물론 허리에도 무리를 준다. 때문에 정상 체중 이상의 사람들 가운데 허리 통증이 있는 사람은 우선 식사 조절로 몸무게를 조금이라도 줄이는 것이 좋다.

배나 허리의 근육을 강화하려고 무리하게 윗몸 일으키기와 같은 운동을 하는 사람도 있는데, 누워서 허리를 들어올리는 각도가 90도 이상일 때는 오히려 척추에 부담을 줄 수 있으므로 주의해야 한다. 윗몸 일으키기를 할 때는 누워서 천천히 윗몸을 들어 올리되 30도 정도를 넘지 않게 하는 것이 좋다.

건강지수들의 함정

정상혈압(120/80)이 고혈압 전단계로 둔갑한 이유는?

신문사에 들어오기 전 경상북도의 한 시골에서 공중보건의사로 보건지소에서 근무할 때 겪은 일이다. 혈압이 높아 약을 처방받아 복용하던 할머니가 있었다. 그런데 어느 날 그 할머니가 진료 예약 날짜가 며칠 남았는데도 보건지소로 찾아왔다. 보건지소까지 걸어오려면 한 시간은 족히 걸리는데, 약이 바닥나서 그 거리를 서둘러 걸어온 것이다. 아침에 약을 먹으려고 보니, 약이 다 떨어지고 없었다고 했다.

할머니는 그 뒤로도 몇 차례 더 약이 떨어졌다며 예약 날짜보다 일찍 찾았다. 알고 보니, 약을 아침에 먹었는데도 잊어버리고 다시 약을 먹다 보니 종종 약이 부족했던 것이다. 당시 80세에 가까웠던 할머니는 살 만큼 살았고 약을 먹은 사실조차도 자꾸 잊으니 혈압 낮추는 약을 그만 먹고 싶다고 했다. 평상시 아무런 증상도 없고 불편도 없는데,

약을 먹고 있으니 자신이 환자라도 된 것 같아서 기분도 좋지 않다고 했다.

약 먹는 것을 기억하는 일 자체가 할머니에게는 스트레스고 약 한 번 타러 오는 길이 왕복 2시간인 터라, 뇌졸중이나 심장병이 생기지 않는다는 보장만 있다면 약을 그만 드시게 하고 싶은 생각도 들었다.

고혈압 약을 챙겨 먹는 것은 여간 스트레스가 아니다. 앞으로 고혈압 약을 먹어야 하는 사람은 계속 늘 것이다. 평균수명은 계속 늘어나는데, 고혈압 기준은 계속 떨어지고 있기 때문이다.

실제 우리나라 사람들의 평균수명(정확하게 말하면 기대여명)은 1980년에 여성이 70세, 남성이 61.8세였다면, 2000년에는 여성이 75.5세, 남성이 72.3세, 2006년에는 여성이 82.4세, 남성이 75.7세로 빠른 속도로 늘고 있다. 〈경제개발협력기구(OECD) 건강 자료 2008〉을 보면 우리나라의 평균수명은 일본(전체 평균 82.4세), 호주(81.1세), 프랑스(80.9세)보다는 뒤지지만, 미국(77.8세), 헝가리(73.2세), 슬로바키아(74.3세)보다는 길다. 게다가 우리나라의 평균수명은 앞으로도 계속 늘어 2030년쯤에는 여성이 86.3세, 남성이 79.8세, 2050년쯤에는 여성이 88.9세, 남성이 82.9세에 이를 전망이다.

평균수명은 각 나라의 건강 수준을 보여주는 중요한 지표 가운데 하나다. 평균수명이 길다는 것은 그만큼 치명적인 질병에 덜 걸리면서 건강하게 산다는 뜻이기 때문이다.

한국과 일본 및 경제협력개발기구 회원국 평균의 평균수명 비교(2001~2006년)

연도	한국(세)	일본(세)	경제협력개발기구 평균(세)
2001	76.4	81.5	77.7
2002	77.0	81.8	77.9
2003	77.4	81.8	78.0
2004	78.0	82.1	78.5
2005	78.7	82.0	78.7
2006	78.9	82.4	78.9

＊자료: 경제협력개발기구(OECD) 건강 자료 2008

평균수명이 계속 늘고 있는 가운데, 이에 발맞춰 고혈압, 당뇨, 고지혈증, 골다공증, 비만 등 이른바 생활습관병으로 부르는 질환을 앓고 있는 사람들도 점점 증가하고 있다. 게다가 고혈압이나 당뇨, 비만 등의 기준치 역시 갈수록 내려가면서 전보다 더 많은 사람들이 치료를 받아야 하는 상황에 이르고 있다.

하지만 여러 질병의 진단 기준을 낮추는 것에 대해 비판하는 사람들도 있다. 이들은 '고혈압의 기준은 누가 무슨 근거로 내리고, 또 그렇게 내림으로써 누가 이익을 보는가?'라고 질문한다.

혈압 하면 사람들이 흔히 떠올리는 숫자가 있다. 바로 120과 80이다.

2006년 기준 세계 주요국의 평균수명 비교

나라	평균수명(세)
일본	83
스위스, 모나코, 호주	82
스웨덴, 이탈리아, 스페인, 아이슬란드	81
한국, 영국	79
미국	78
잠비아, 짐바브웨	43
니제르, 아프가니스탄	42
앙골라	41
시에라리온	40

＊자료 : 세계보건통계 2008

자신의 혈압을 이야기할 때 많은 사람들이 이 수치를 언급한다. 반면에 혈압에 대해서 비교적 많은 지식을 갖고 있는 사람들이나 의료업계 종사자들은 120에 80이라고 답한다. 의료계에서는 높은 쪽 혈압부터 읽기 때문이다. 2006년 5월 이전에는 이 120/80이 표준 혈압 수치였다.

많은 사람들이 건강검진 뒤 120/80이 나오면 마치 건강한 사람으로 판정받은 것처럼 안심하곤 했다.

하지만 2003년 5월에 미국 고혈압학회가 내놓은 새로운 기준을 보면 놀랍게도 120/80도 고혈압 전단계에 해당된다. 이 학회는 혈압에 따라 각종 심장질환, 뇌질환 등의 발병 여부를 추적했다. 그리고 고혈압 전단계에 해당하는 혈압은 정상 범위보다 심장 및 혈관질환의 발생 가능성이 더 크다는 연구 결과들이 많다고 밝혔다. 다만 고혈압 전단계부터 혈압을 내리는 약을 쓸 필요는 없으며, 우선 음식 조절과 운동으로 관리해야 한다고 설명했다.

우리나라 의학계도 곧바로 이 기준을 받아들였다. 우리나라 사람들에게 이 기준이 적합한지 직접 연구를 하지는 않았지만 타당성을 추정할 수 있었기 때문이다. 당시 김철호(분당서울대병원 내과 교수) 고혈압학회 학술이사는 〈한겨레〉와의 인터뷰에서 "의학적인 연구를 통해 미국의 지침이 우리나라에도 적합한지 분석되지는 않았지만, 혈압이 정상 범위를 조금만 넘어도 심혈관계질환 합병 가능성이 크다는 사실은 부정할 수 없으므로 고혈압 조기 관리의 취지로 이번 지침을 결정했다"고 밝혔다.

미국 고혈압학회에서 새로운 기준이 나온 뒤부터 이전에 표준으로 여겨졌던 120/80이 관리 대상자가 됐다. 이전에는 130/90 정도부터 혈압을 관리했다면 그 기준이 각각 10씩 낮아진 것이다.

그 결과 혈압 관리 대상자가 크게 늘었다. 삼성서울병원 건강의학센터가 미국 고혈압학회의 새 기준에 따라 조사해 2004년 5월에 발표한 자료를 보면 이를 확인할 수 있다. 물론 이 자료는 한 병원이 조사한 자료이므로 우리나라 국민 전체의 고혈압 전단계 비율을 정확히 반영한다고 보기는 어렵다. 이 자료에 따르면, 2003년에 건강검진을 받은 2만 5621명 가운데 혈압이 120/80 미만으로 정상 범위에 든 사람은 49.7퍼센트에 불과했다. 어찌 보면 이 수치는 별 의미가 없다. 이 병원에 건강검진을 받으러 온 사람이 대부분 나이든 사람이고 혈압이 높거나 몸에 여러 이상이 있다고 느껴 검진을 받은 경우가 많았을 것이기 때문이다.

그런데 이보다 더 중요한 수치가 있다. 과거 기준에서 높은 쪽 혈압이 120~139, 낮은 쪽 혈압이 80~89로 '정상' 또는 '높은 정상' 으로 분류됐던 사람들이 새 기준이 도입되자 '고혈압 전단계' 로 분류됐다. 이 비율은 전체 건강검진을 받은 사람의 34.6퍼센트에 달했다. 관련 전문의들은 고혈압 전단계는 질병이 발생한 것은 아니지만 혈압을 낮추도록 생활습관을 개선해야 한다고 말한다. 방치하면 고혈압으로 변할 수 있기 때문이다. 과거에는 '정상' 판정을 받았던 사람들도 이제는 '정상' 일 수 없게 된 셈이다. 검사를 받은 사람 3명 가운데 1명이 과거 기준으로는 정상이었지만 지금은 고혈압 전단계라는 판정을 받는다. 의료진은 이를 통해 '고혈압 후보군' 에게 경각심을 심어줌으로써 고혈압까지 도달하는 것을 예방할 수 있다고 말한다. 아마도 얼마나 많은 사람들이 불안에 떨어야 할지에 대해서는 고려하지 않은 모양이다.

그런데 문제는 고혈압의 기준 변화가 순전히 국민 건강을 고려한 연구의 결과물이 아닐 수도 있다는 것이다.

미국 고혈압학회가 고혈압 전단계라는 말을 만들면서 고혈압의 기준을 낮추자 해당 학회가 이해관계가 있는 제약회사로부터 연구비를 받았다는 의혹이 터져 나왔다. 미국의 한 언론사가 2006년 5월에 보도한 내용을 보면 미국 고혈압학회가 고혈압의 정의를 재정립하는 중요한 과정에 제약회사들이 재정을 지원했다. 같은 달에 또 다른 미국 언론사는 구체적으로 메르크, 노바티스, 산쿄 등의 제약회사들이 고혈압학회에 사용처를 정하지 않은 채 7만 5000달러의 보조금을 지급했고, 이 돈은 고혈압의 정의를 다시 내리는 데 사용됐다고 보도했다. 이 외에도 제약회사들은 보조금 70만 달러를 학회에 지급했고, 학회는 이를 새로운 고혈압 정의를 퍼뜨리기 위한 회의비, 만찬, 강연 등에 쓴 것으로 알려졌다. 이로 인해 고혈압의 새 기준이 과학적 근거에 기초해 세워진 것이 아니라 제약업계의 재정적 이익 때문에 만들어졌다는 의혹과 지적이 제기됐다.

이 의혹이 모두 사실인지 확인하기는 어렵지만 간략히 정리해보면 이렇다. 혈압을 낮추는 약을 만드는 제약회사들이 고혈압의 기준을 다시 설정하려는 학회에 연구비 등을 지급해 제약회사에 유리한 결과를 내도록 했다는 것이다. 고혈압 기준이 낮아지면 그만큼 제약회사들의 매출이 늘어나기 때문이다.

제약회사의 연구비 지원은 사실상 약 판매량 증가와 깊은 관련을 맺을 수밖에 없다. 어떤 쪽으로 연구 결과가 나오든 약의 소비를 늘리는 방향으로 새로운 치료 지침이 권고될 수 있기 때문이다.

이렇게 기준치가 낮아지고 있는 것은 고혈압에서만 나타나는 현상이 아니다. 과거 당뇨의 기준은 식사를 하기 전 혈액 속의 포도당(혈당) 농도가 140mg/dl보다 높아야 했다면, 지금은 126mg/dl 이상이면 당뇨로 진단한다.

당뇨, 고혈압과 더불어 최근 크게 늘고 있는 비만이나 고지혈증의 기준치도 점점 내려갈 전망이다. 참고로 비만의 경우 서양인은 몸무게(킬로그램)를 키(미터)의 제곱으로 나눈 값인 체질량지수가 30 이상이어야 비만이지만, 동양인은 25 이상이면 비만으로 분류한다. 동양인은 25만 넘어도 서양 사람들처럼 비만으로 인한 합병증이 생긴다고 한다. 하지만 최근 우리나라의 연구 결과에서는 적어도 여성은 조금 비만한 사람, 즉 체질량지수가 26 정도인 사람이 우울증도 덜 겪고, 평균수명을 다 채우지 못하고 사망하는 비율을 일컫는 '조기사망률'도 낮다. 앞으로 관련된 연구 결과들이 더 나오면 동양인의 비만 기준도 서양처럼 높여야 할지도 모른다.

연구의 신뢰성을 높이기 위해서는 제약회사의 지원을 받지 않고 이들 회사로부터 독립된 연구를 진행할 수 있는 시스템이 마련돼야 한다. 그게 불가능하다면 최소한 연구 결과를 제약회사에 유리하게 조작할 수 없도록 제약회사로부터 독립된 기구가 연구 과정을 적절히 관리하고 감독할 수 있어야 한다.

무엇보다 약이 아닌 다른 방법으로 혈압이나 혈당을 조절하는 방법에 대한 연구가 이뤄져야 한다. 예를 들면 하루에 걷기를 몇 분에서 몇 시간 정도 하면 혈압이 정상 범위로 내려간다든지, 혈당이 어느 정도 감소하는지에 대한 연구가 필요하다. 하지만 이런 연구에 돈을 댈 회사는 없다. 결국 국민의 건강을 책임질 의무가 있는 정부가 나서서 이런 연구들을 진행해야 한다. 국민들은 그런 정부의 의무 달성을 촉구할 권리가 있다.

Tip 1

저혈압이란?

심장은 온몸에 피를 공급하기 위한 펌프질을 담당하는 기관이다. 심장이 수축하면 심장 안에 든 혈액이 혈관을 타고 온몸을 순환한다. 심장이 수축할 때 심장 밖으로 나온 피가 혈관에 미치는 압력이 바로 혈압이다.

혈압이 너무 높은 상태로 지속되면 혈관은 스스로 이 압력을 버티기 위해 혈관 벽을 두껍게 만든다. 그럴 경우 혈관이 좁아질 수 있다.

반대로 혈압이 너무 낮아도 온몸에 혈액을 전달하기 어렵다. 그런데 '저혈압'에 대해 오해하는 사람들이 많다. "저혈압이 더 위험하다"고 말하는 사람이 있는가 하면, "젊었을 때는 저혈압이었는데, 나이 들면서 고혈압이 됐다"고 말하는 사람도 있다.

저혈압의 경우 뇌를 비롯한 여러 중요한 장기에 혈액을 공급하지 못하는 상황에 빠질 수 있기 때문에 위험한 것이 사실이다. 하지만 보통 사람들에게서 이를 관찰하기는 힘들다. 예를 들어 교통사고로 엄청나게 피를 많이 흘렸다면 높은 쪽 혈압이 60mmHg 이하로 떨어지는 저혈압이 나타날 수도 있는데 이러한 경우는 흔치 않기 때문이다.

보통 자신이 저혈압이었다고 말하는 사람들은 실제 저혈압이 아닌 경우가 대부분이다. 그들의 혈압은 낮기는 하지만 정상 범위에 속한다. 간단히 말하면 낮은 정상인 것이다. 혈압은 높은 쪽이 120mmHg 이하 90mmHg 이상이면서, 낮은 쪽이 90mmHg 이하 60mmHg 이상이면 정상 범위에 해당한다. 양쪽 혈압이 95mmHg에서 65mmHg 정도여도 정상 범위인데, 이를 저혈압으로 오해하고 있는 것이다.

Tip 2

고혈압 관리를 위한 수칙

- 적절한 몸무게를 유지한다. 비만인 경우 몸무게를 조금만 줄여도 혈압을 낮출 수 있다.
- 술은 하루 2~3잔 이상 마시지 않는다.
- 담배는 피우지 않는다. 흡연은 혈관 건강을 위협해 심장마비와 뇌졸중의 가능성을 높인다.
- 규칙적인 운동을 한다. 한 번에 30분~1시간, 일주일에 3~5회 빨리 걷기와 같은 유산소 운동을 한다.
- 짜게 먹지 않는다.
- 과일과 채소, 콩 등을 적절히 섭취한다.
- 동물성 지방은 삼간다.

해피 드러그 때문에 불행한 사람들
폐경과 탈모는 어떻게 질병이 되었는가?

나이가 들면 나타날 수밖에 없는 노화도 질병일까? 예를 들어 폐경은 질병일까? 어느 정도 나이가 들어 폐경이 나타나는 것을 질병이라고 생각할 수는 없다. 10대나 20대라면 몰라도 40대 후반이나 50대에 들어서서 폐경이 나타난다면 질병으로 보기는 어렵다는 말이다. 때문에 평균적인 폐경 시작 나이에 나타나는 폐경을 치료하자는 생각에 동의하기는 쉽지 않다.

하지만 여성의 폐경이 갑자기 시작되면 여성호르몬에 큰 변화가 생기고, 여러 불편을 동반한다. 얼굴이 붉어지거나, 잠을 잘 못 자거나, 괜히 불안해지거나, 우울한 기분이 드는 등 여러 증상이 나타날 수 있다. 폐경 치료는 폐경 자체를 질병으로 보고 치료하는 것이 아니라 폐경으로 인해 나타나는 이러한 증상들을 막거나 줄이는 것을 말한다. 주로 여성호르몬을 투여하는 방법이 사용되는데 이를 두고 호르몬대체요법이라고 한다.

모든 작용에는 반작용이 따르며 이는 치료에도 적용된다. 의약품 역시 효과가 있다면 부작용도 있기 마련이다. 그런데 놀랍게도 이 호르몬대체요법이 유방암의 위험을 조금 높이는 것 외에 폐경 증상을 완화해주는 것은 물론 심장병, 뇌졸중 등을 줄일 수 있다는 연구 결과가 나왔다.

만약 이 연구 결과가 틀림없다면 제약회사 입장에서는 '노다지'를 캔 셈이다. 지구의 60억 인구 가운데 30억 이상이 여성이고, 이들이 나이가 들면서 모두 호르몬대체요법을 받는다면 엄청난 양의 관련 약을 팔 수 있기 때문이다. 한때 우리나라에서도 호르몬대체요법이 '쓰나미'처럼 전국으로 퍼졌다. 폐경을 맞은 많은 여성들이 호르몬대체요법을 위한 약을 쓴 뒤 주변 사람들에게 앞다퉈 약을 권했다.

하지만 다른 연구 결과들에서는 호르몬대체요법이 심장병과 뇌졸중을 예방하는 데에 효과가 없고 오히려 유방암 및 심장질환의 발생 가능성을 높이는 것으로 나타났다. 결국 호르몬대체요법과 유방암 및 심장질환의 관련성을 두고 논란이 과열됐다.

그러자 미국 국립보건원이 나서서 대대적인 연구를 진행했다. 미국 국립보건원은 1997년부터 수만 명의 폐경 여성을 대상으로 호르몬대체요법의 효과를 평가하는 '여성건강계획' 연구를 시작했다.

드디어 2002년에 중간 연구 결과가 발표됐다. 내용은 충격적이었다. 호르몬대체요법을 받은 여성이 그렇지 않은 여성에 비해 유방암은 물론이고 심장질환, 뇌졸중, 정맥혈전증 등 여러 중증의 질병에 걸릴 가능성이 높게 나타난 것이다. 이후 호르몬대체요법이 알츠하이머병(치매)의 발생 가능성을 높인다는 연구 결과도 나왔다. '회춘'을 실현한다는 호르몬대체요법이 오히려 유방암, 뇌졸중, 심장질환, 치매 등을 유발할 수 있다는 이야기다.

그전까지는 자연스런 노화의 과정인 폐경도 '질병'으로 보고 약을 먹는 경우가 많았는데 이런 연구 결과가 나오자 상황이 정반대로 바뀌었다.

제약회사와 의료진은 미국국립보건원의 중간 연구 결과를 인정하지 않았다. 약을 써온 관성에 따라 계속 약을 처방했다. 이들은 '맞춤 처방'이라는 말을 만들어 개인별로 상황에 맞게 호르몬대체요법을 적용하면 효과는 나타나되 부작용은 거의 발생하지 않는다고 주장했다. 이와 함께 호르몬대체요법이 골다공증 예방에 도움이 된다는 주장도 제기됐다. 호르몬대체요법이 내과에서 처방하는 골다공증 예방약보다 값이 싸다는 이야기도 나왔다. 많은 내과 의사들은 이 주장에 회의적인 반응을 보였다. 골다공증은 내과에서도 진료를 하는데 내과 의사들은 호르몬대체요법의 부작용이 심각한데도 산부인과 의사들이 이를 받아들이지 않는다고 지적했다.

아무튼 미국 국립보건원의 연구 결과 발표 이후, 폐경이라는 자연스런 노화 과정을 질병으로 만들고 호르몬대체요법으로 많은 이익을 남기려 했던 제약회사들은 적지 않은 타격을 받았다.

아마 호르몬대체요법이 없었다면 사람들은 폐경을 자연스러운 노화 과정으로 받아들였을 것이다. 폐경을 지나치게 두려워하거나 경계하는 분위기가 아예 형성되지 않았을 수도 있다. 폐경 이후에 많은 여성들이 더 이상 아이를 가질 수 없다거나 성생활에서 약간의 불편함, 피부 미용의 어려움 등을 겪을 수는 있지만, 대신 월경이라는 불편함에서도 벗어날 수 있기 때문이다.

나이가 듦에 따라 인간의 몸에 나타나는 자연스러운 현상이 질병으로 바뀌는 것은 비단 폐경의 경우만이 아니다. 먹으면 머리가 빠지는 것을 예방하는 약이 나오기 시작하면서 탈모도 의사를 찾아 상담을 받아야 하는 질병이 됐다. 급기야 유전적으로 탈모가 나타나도 질병으로 인식되기에 이르렀다. 때문에 우리나라 남성의 30~50퍼센트나 되는 엄청난 수의 사람들이 탈모를 질병처럼 앓고 있다.

성관계를 가질 때 성기가 제대로 발기되지 않는 발기부전도 마찬가지다. 이에 대한 치료제가 나오면서 발기부전으로 의사를 찾는 사람들도 크게 늘었다.

생명에는 지장이 없지만 살면서 불편한 점을 해결하는 이른바 '해피 드러그'가 등장하자 병원을 찾는 새로운 환자들이 만들어진 셈이다. 해피 드러그는 삶을 행복하게 만들어준다고 해서 이름이 그렇게 붙었다.

여기서 언론과 해피 드러그의 관계를 살펴보자. 다리가 부러져 통증이 심하거나, 암에 걸렸거나, 숨을 잘 쉬지 못하는 천식에 걸렸다면 언론에서 병원을 찾지 말라고 해도 환자들이 스스로 병원을 찾는다. 물론 각자 느끼는 통증의 정도에 따라 병원을 찾는 시기는 다르겠지만 통증이 어느 수준 이상에 달하면 누구나 병원을 찾을 수밖에 없다.

하지만 치료가 반드시 필요하지 않은 상황에서 쓰는 해피 드러그의 경우는 다르다. 이는 치료의 필요성을 느끼지 못하는 사람에게도 필요하다고 설득해야 팔 수 있다. 설득의 최전방에 섰던 장본인이 언론이다. 언론은 해피 드러그가 나오자 과거에는 그냥 자연스런 노화 과정으로 받아들여졌던 증상들을 질병으로 만들기 시작했다. 언론이 취재 과정에서 만난 의사는 물론 관련 전문가들도 이에 동조했다. 이들로서는 병원이나 의료기관에 오겠다는 사람을 막을 이유가 없었기 때문이다.

의학계에서는 최근에는 '흡연'도 질병으로 규정하고 있다. 담배를 끊게 도와주는 약도 나왔다. 이 약은 의사의 처방을 받아야 살 수 있는 전문의약품이다. 흡연은 폐암을 비롯해 식도암, 구강암, 췌장암, 후두암 등 수많은 암과 만성폐쇄성폐질환, 혈관질환 등을 일으키는 주요 요인이다. 하지만 담배를 피운다고 해서 아직 멀쩡한 사람을 환자로 만드는 것은 지나치다는 지적이 제기되고 있으며, 이는 설득력을 인정받고 있다. 게다가 담배를 끊게 도와주는 약은 환각 증상을 일으키거나 자살

충동을 부추기는 등 여러 부작용을 일으킨다는 의혹도 일고 있으니 신중하게 사용해야 한다.

정말 담배가 질병의 원인이라면 담배를 만들지 않으면 될 것이다. 의사들이 흡연을 질병으로 규정한다면 스스로 담배 공장을 없애는 일에 앞장설 일이고, 실제로 이를 실천에 옮기는 의사들도 있다.

해피 드러그는 꼭 치료가 필요할 때 쓰는 약이 아니라는 점에서 오남용하지 않도록 주의해야 한다. 이를 위해 제약회사를 비롯한 여러 의료 기관들은 사용 범위와 부작용 등을 사람들에게 제대로 알릴 필요가 있다. 해피 드러그는 필수가 아닌 선택이므로 이를 고르는 사람이 제대로 선택할 수 있도록 해야 한다. 가장 중요한 점은 해피 드러그가 반드시 치료가 필요한 상황에서 쓰이는 것이 아닌 만큼 이를 사용하는 사람들을 환자로 몰아가서는 안 된다는 것이다. 언론은 합리적인 선택을 할 수 있도록 돕는 선에서 해피 드러그를 다뤄야 한다.

지금 한국 의료계에서는 암 수술보다는 쌍꺼풀 수술, 유방 확대 수술, 기타 성형 수술, 라식 수술, 피부 미용 등 필수 의료가 아닌 분야에서 훨씬 많은 돈을 벌어들이는 것이 현실이다. 의료도 '인술'보다는 갈수록 상업적인 성격이 강해지고 있다. 앞으로 더 많은 분야에서 더 많은 환자가 만들어질 것이다. 많은 사람들이 아주 작은 불편까지도 병원에서 치료받으면서 환자가 되는 세상이 올지도 모른다.

언론은 향후 꼭 필요한 수술을 할 의사가 사라질 수 있다고 우려한다. 그러면서도 성형 수술이나 라식 수술, 피부 미용과 해피 드러그에 많은 지면을 할애한다. 각종 관련 광고를 비롯해 여러 경로로 언론사에 돌아오는 이익이 있기 때문일 것이다.

그러므로 신문 독자와 방송의 시청자들은 언론사들이 사실 보도를 통해 공공성을 추구하는 동시에 경제적 이익을 추구하는 양면을 지니고 있음을 냉철하게 꿰뚫어봐야 한다.

발기부전 치료제란?

발기부전은 과거에는 발음하기조차 어려운 금기 단어에 가까웠다. 남성들의 성기가 제대로 기능하지 못한다는 말이었기에 특히 여성들은 함부로 내뱉기가 힘들었다. 하지만 발기부전 치료제가 등장하면서 상황은 많이 달라졌다.

발기부전 치료제는 상당수의 다른 약들과 마찬가지로 우연히 발견(?)됐다. 원래 협심증 치료제로 개발됐지만 발기부전을 치료하는 효과가 발견된 것이다. 협심증은 심장 근육에 피를 공급하는 관상동맥이 좁아져 가슴 통증이 생기는 질환이다. 이 때문에 협심증 치료제나 혈압을 낮추는 약들에서도 혹시 발기부전 치료 효과를 거둘 수 있는지 다시 확인하는 연구도 진행됐다.

참고로 우연한 기회에 효능이 발견된 경우는 발기부전 치료제뿐만이 아니다. 탈모 치료제 가운데 하나도 원래는 고혈압에 쓰는 약이었지만 생각지도 않게 머리카락이 나는 효과를 찾아 개발하게 된 경우다.

아무튼 발기부전 치료제가 발견된 뒤 이 약은 영화 쪽 표현을 쓰자면 '블록버스터'가 됐고, 흔한 말로 '대박'을 터뜨렸다. 이후에 이와 비슷한 효능을 가지거나 일부 문제점을 개선한 치료제가 계속 나왔다. 우리나라 제약회사도 개발에 뛰어들었고, 현재 약을 판매하고 있다.

최신 의료기기의 비밀
'다빈치' 는 '꿈의 치료기' 일까?

건강 기사 가운데서도 '약방의 감초' 처럼 심심찮게 등장하는 것이 최신 의료기기의 우수성을 다룬 기사들이다. 2008년 4월에는 로봇을 이용한 수술이 1000건에 달했다는 소식을 담은 기사가 실렸다. 기사는 지난 2005년에 국내 최초로 로봇수술기인 '다빈치' 를 도입한 ○○병원이 수술 1000건을 로봇수술로 성공했다고 전했다.

기사에는 로봇수술기의 장점도 자세히 소개됐다. 정교하게 절제할 수 있다거나 수술 뒤 빠른 회복을 기대할 수 있다는 내용이었다. 이와 함께 주변 신경기능을 보존할 수 있다는 점에서 환자들의 만족도가 높다고 설명했다. 아울러 피부를 절개해야 하는 일반 수술보다 감염률이 낮고 수술 후 회복 기간이 짧아 의료진과 환자 모두에게 큰 이점이 있다고 전했다.

하지만 로봇수술이 완벽한 것은 아니다. 언론이 잘 다루지 않는 부분이지만 로봇수술은 종양이 커서 장기 전체를 절제해야 하거나, 다른 장기로 전이된 경우에는 이용할 수 없는 한계가 있다. 의료보험이 적용되지 않고, 로봇수술기의 소모부품을 전량 수입하기 때문에 환자가 부담하는 비용이 기존 수술에 비해 최대 3배 이상 비싸다는 점도 문제다.

2005년에 ○○병원이 처음으로 로봇수술기를 들여온 이후, 2008년 11월쯤에는 이를 도입하지 않는 대학병원을 찾아보기 힘들게 됐다. 많은 언론사들이 로봇수술의 표준법을 두고 병원끼리 설전을 벌이고 있다는 내용을 다룰 정도로 로봇수술이 확산됐다. 로봇수술이 병원의 경쟁력을 가름하는 기준이 된 셈이다.

문제는 이런 로봇수술이 기존 수술법보다 환자의 만족도나 실제 치료 성적에서 더 낫다는 연구 결과가 지금까지 나오지 않고 있다는 점이다. 의학의 기본 특성상 새 치료법을 들여올 때는 기존 치료법보다 환자의 생명을 더 많이 살리거나 더 오래 건강하게 살 수 있게 해주는지 검토해야 하는데, 그에 대한 근거도 없이 로봇수술기를 사용하고 있는 셈이다. 이는 의학계에서 그토록 강조하는 이른바 '근거에 기반한 의학'이 아니다. 거칠게 말하자면, 환자들은 몇 가지 편리한 점이 있다는 의료진의 말을 믿고 기존 치료법보다 더 낫다는 근거도 없는 치료법에 더 많은 돈을 내고 있는 것이다.

로봇수술만 그럴까? 2007년 4월에 보건복지가족부는 국립암센터의 양성자치료기가 본격 가동되기 시작했다고 대대적으로 홍보했다. 보건복지가족부는 양성자 치료도 방사선 치료의 일종이지만 암 조직만 정확하게 공격하기 때문에 기존의 방사선 치료에 비해 부작용이 적고 치료 효과는 뛰어나다고 설명했다. 특히 다른 장기로 퍼지지 않고 특정 부위에 덩어리를 형성하고 있는 암에 대한 치료 효과가 가장 높다고 밝혔다. 반면, 백혈병이나 림프종 같은 혈액암 등 전신질환에 속하는 암과 다른 부위에서의 재발 가능성이 높은 전이 암 환자들은 효과를 볼 가능성이 크지 않다고 했다.

하지만 양성자치료기 역시 일반적인 수술이나 방사선 치료, 항암제 치료 등 기존 치료법보다 효과가 더 뛰어나다거나 비용을 더 아낄 수 있다는 보고는 없다. 안구에 생긴 암처럼 해당 조직을 제거하면 삶의 질이 크게 떨어지는 암 가운데 전이가 전혀 없는 초기 단계에만 효과를 볼 수 있다. 게다가 치료비도 엄청나다. 대략 1500만 원에서 2000만 원에 이른다. 초기 암의 경우 기존의 방법으로 수술한다면 비용은 이의 3분의 1 수준에 그치고, 건강보험 적용이 되면 거의 10분의 1 수준으로 떨어진다. 환자들 입장에서는 자칫 치료 성적이 더 낫다는 근거도 없는 치료법에 돈을 10배나 더 들일 수 있다는 이야기다.

하지만 당시 언론은 양성자치료기의 효과를 다른 치료법과 비교해 보도하지도 않았고, 비용에 대해서도 마찬가지였다. 다만 '꿈의 암 치료기'라는 정부 쪽 발표를 그대로 옮겼을 뿐이다.

이 때문에 오히려 걱정거리가 생긴 쪽은 국립암센터였다. '꿈의 치료기'라는 말만 믿고, 이미 다른 장기로 암이 퍼진 환자는 물론이고, 말기로 판정받아 더 이상 현대 서양의학으로는 손을 댈 수 없는 환자까지 국립암센터로 문의를 해왔다. 일일이 그렇지 않다고 설명을 해야 했으니, 국립암센터도 어지간히 힘들었을 것이다.

현명한 사람이라면 도박을 하지 않는다. 더욱이 자신의 건강을 도박에 맡기지는 않을 것이다. 더 많은 돈을 들이고도 더 나은 치료 효과가 있는지 확실히 밝혀지지도 않은 치료법에 자신의 몸을 맡기는 것이 과연 현명한 일일까?

이런 일은 치료기기에만 해당하는 것이 아니다. 진단기기 분야에서도 이와 비슷한 언론 기사가 등장하면서 웃지 못할 일이 벌어졌다. 최근까지는 시티(컴퓨터단층촬영기)나 엠아르아이(자기공명영상촬영기), 펫(양전자방출단층촬영기) 등과 같은 최첨단 의료기기가 병원을 포함한 여러 의료기관 사이에서 경쟁력의 지표 역할을 했다. 다른 병원보다 우수하다는 이야기를 듣기 위해서는 이런 최첨단 의료기기를 꼭 들여놓아야 했다. 환자를 모으는 데도 도움이 되지만, 우수한 의료진을 확보하거나 붙잡아놓는 데도 도움이 됐다.

무엇보다 병원의 수익 창출에 큰 기여를 했다. 로봇수술처럼 기존 수술보다 3배 이상 비싼 치료비를 받을 수 있기 때문이다. 시티나 엠아르

연도	2004년	2005년	2006년	2007년
시티 대수(대)	1515	1557	1629	1799
인구 백만 명당 시티 대수(대)	31.5	32.3	32.8	36.0

＊자료 : 건강보험심사평가원 2007

아이, 펫 등도 건강보험 적용 항목으로 지정되기 전에는 병원에서 받는 관행 가격이 있었을 뿐 환자들은 정확한 가격조차 알 수 없었다.

병원 경영진도 이를 부정하지 않는다. 우리나라 5대 유명 병원 가운데 한 병원의 원장은 사석에서 보건복지가족부를 출입하는 기자들에게 "첨단 의료기기를 새로 들여오면 여러 장점이 많아요. 우선 건강보험의 적용 항목이 되기 전에는 환자들에게 비싸게 청구할 수 있기 때문에 병원 수익이 커집니다. 의료기기 값은 대부분 건강보험 적용 항목이 되기 전에 뽑아냅니다. 첨단 의료기기는 또한 의료진을 모으는 데에도 유리합니다. 새 의료기기를 사용한 성과를 모아 논문을 쓰면 세계적인 의학 관련 권위지에 논문을 낼 수 있어서 의료진 입장에서도 매력적인 요소가 되기 때문입니다"라고 말했다.

문제는 양성자치료기처럼 무조건 값비싸고 새로운 장비라고 해서 대부분의 환자들에게 보탬이 되는 것은 아니라는 점이다. 쓰임새에 맞게

2006년 기준 경제협력개발기구(OECD) 회원국의 인구 백만 명당 시티 보유 대수 비교

나라　인구 백만 명당 시티 보유 대수(대)

나라	인구 백만 명당 시티 보유 대수(대)
일본	92.6(2002년)
벨기에	39.8
미국	33.9
한국	32.8
이탈리아	27.7(2005년)
회원국 평균	21.5
독일	16.7
핀란드	14.8
캐나다	12.0
프랑스	10.0
영국	7.6
멕시코	3.6

*자료 : 경제협력개발기구(OECD) 건강 데이터 2008

사용하지 않으면 무용지물인 것이다. 최근 언론에 자주 등장하는 펫(양전자방출단층촬영기)의 경우를 살펴보자.

펫을 들여온 병원들은 아예 처음부터 주요 건강검진의 한 종목으로

연도	2004년	2005년	2006년	2007년
최근 5년 동안 우리나라의 자기공명영상촬영기 (엠아르아이, MRI) 보유 대수의 변화				
엠아르아이 대수(대)	531	584	657	777
인구 백만 명당 엠아르아이 대수(대)	11.0	12.1	13.2	15.5

＊자료 : 건강보험심사평가원 2007

이를 활용한다. 펫 관련 광고를 보면 '머리에서 발끝까지 암을 다 발견한다'고 돼 있다. '꿈의 검진'이라는 말도 빠지지 않는다. '온몸을 훑으며 5밀리미터 이상의 암을 모두 색출한다'라고도 적혀 있다. 물론 병원들은 경쟁적으로 이 진단기기를 들여왔다.

이론상 펫 검사는 종양이나 암과 같은 질병이 시작되면서 우리 몸 안의 여러 기관에 영향을 미치기 전부터 알 수 있게 해준다. 보통은 양성종양이나 암과 같은 질병이 생기면 해당 조직에서 평소와 다르게 특정 물질이 과도하게 분비되거나 흡수되는 원리를 이용해 진단해낸다.

그런데 이 검사를 이용하면 양성종양이나 암이라도 덩어리 자체를 형성하기 전부터 진단을 가능하다는 설명도 있다. 이것이 사실이라면 암 덩어리가 다른 어떤 조직에 전이돼 있다 해도 그 세포들이 가지는 특성은 변하지 않기 때문에 찾아낼 수 있어야 한다.

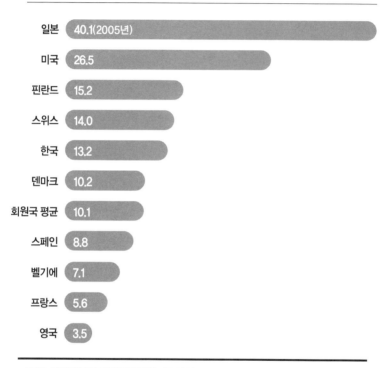

**2006년 기준 경제협력개발기구(OECD) 회원국의
인구 백만 명당 엠아르아이 보유 대수 비교**

나라　인구 백만 명당 엠아르아이 보유 대수(대)

나라	대수
일본	40.1(2005년)
미국	26.5
핀란드	15.2
스위스	14.0
한국	13.2
덴마크	10.2
회원국 평균	10.1
스페인	8.8
벨기에	7.1
프랑스	5.6
영국	3.5

＊자료 : 경제협력개발기구(OECD) 건강 자료 2008

　하지만 그것이 실현되기는 어려워 보인다. 조홍준 울산의대 가정의
학과 교수가 〈한겨레〉에 기고한 글을 보면 크기가 1센티미터 미만인 암
은 발견이 쉽지 않다. 실제로 일부 위암과 전립선암, 폐암 등은 덩어리
를 형성하지만, 펫 검사에서 확인되지 않는 경우도 있다. 반대로 펫 검

사를 통해 과거에 결핵을 앓았거나 현재 결핵을 앓고 있는지 알 수 있는가 하면, 암처럼 생긴 곰팡이 감염을 찾아내기도 한다. 이때 곰팡이 감염이 진짜 암인지를 확인하려면 시티나 조직 검사와 같이 비싼 돈이 들어가는 검사나, 폐에 바늘을 찔러넣는 조금은 위험한 검사를 추가로 해야 할 수도 있다.

현재 정부는 5대 암의 효과적인 검진 방법으로 유방촬영(유방암), 대장내시경(대장암), 자궁세포진 검사(자궁경부암), 위내시경(위암), 초음파(간암) 등을 권장하는데 펫 검사가 이에 비해 진단의 정확성 면에서 성적이 좋지 못하다는 연구 결과도 있다.

안전성 측면에서도 방사선 노출이 문제가 될 수 있다. 역시 조홍준 교수의 같은 글을 보면, 일반적인 전신 펫 검사의 방사선 노출량은 보통 가슴이나 배 쪽을 찍는 시티 검사와 비슷하다. 하지만 최신 펫-시티 검사에서는 펫 검사에다 시티 검사의 방사선 노출량이 더해진다. 이를 반복적으로 받는다면 방사선 피해가 나타날 수 있음은 누구도 부인할 수 없는 사실이다.

결정적으로 펫을 건강검진에 이용할 때 가장 중요하게 고려해야 할 점은 펫이 암 사망률을 줄인다는 증거가 없다는 것이다. 건강검진의 궁극적인 목표는 암을 이른 시기에 발견해서 치료함으로써 그렇지 않았을 때보다 생존 기간을 늘리는 데에 있다. 여기서 더 나아가 요즘은 길어진 생존 기간에도 삶의 질이 떨어지지 않도록 해야 하고, 장애나 후유증이 덜 남게 하는 것까지 고려하고 있다.

그런 효과를 기대할 수 없다면 아예 일찍 발견하는 것 자체가 무의미할 것이다. 일찍 발견할수록 암을 치료하는 기간만 길어지고 고통 속에서 살아갈 날만 늘어날 뿐이기 때문이다. 예를 들어 적절한 치료법이 없는 암을 죽기 5개월 전에 발견했다면 5개월 동안 암 환자로 살아야 한다. 반면에 죽기 1개월 전에 암을 발견하면 1개월만 암 환자로 살면 된다. 후자의 경우 이전 4개월은 평상시와 똑같이 살 수 있으므로 오히려 일찍 발견한 것이 손해일 수 있다는 뜻이다.

이런 이유 때문에 펫 검사를 건강검진에 쓰는 나라는 거의 없다. 가까운 일본과 타이완과 우리나라 등 건강검진이 과도하게 상업화된 몇몇 나라를 제외하고는 말이다.

펫 검사의 경우처럼, 대학병원을 비롯한 대형병원들의 건강검진에 불필요한 항목이 많이 들어 있다는 것은 관련 학회의 연구 결과를 통해 자주 발표된다. 건강보험이 적용되지 않는 고가의 항목이 많다는 것도 잘 알려진 사실이다. 대형병원들은 이런 건강검진이라도 해야 수지를 맞출 수 있다는 궁색한 변명을 내놓는다.

그렇다면 환자 입장에서는 따지고 또 따져야 한다. 불필요한 검사를 받다가 매우 드물기는 하지만 사망에 이를 수도 있고, 불필요한 방사선을 쫴야 한다. 또 잘못 나온 검진 결과 때문에 며칠 동안 불안에 떨어야 하는 경우도 있다. 불필요한 비용, 그것도 매우 많은 금액을 치러야 함은 두말할 필요도 없다. 이 모든 정신적 · 금전적 피해는 고스란히 환자의 몫이다.

다행히 현재 많은 병원들이 하고 있는 건강검진에 대해서는 관련 학회에서도 많은 비판이 제기되고 있으니, 조만간 개선점을 찾을 수 있을 것으로 기대해본다.

Tip

엠아르아이(MRI, 자기공명영상촬영기)란?

엠아르아이를 통해 의사들은 인체 내부를 마치 눈으로 직접 보는 것 같이, 아니 눈으로 보는 것보다 더 자세히 들여다볼 수 있게 됐다. 그리고 암 덩어리를 포함해 이상이 있는 부분을 확대하거나 정상 조직과 대조해 살펴볼 수도 있다. 게다가 인체에 아무런 영향을 미치지 않는다는 것도 큰 강점이다. 엠아르아이에 비해 컴퓨터단층촬영(시티, CT)이나 방사선촬영에서는 방사선의 피해가 발생할 수 있다.

2003년 10월, 엠아르아이를 의학 영역에서 쓸 수 있도록 한 학자들이 그 공로를 인정받아 노벨상을 받았다. 엠아르아이는 1980년부터 환자 진료에 사용되기 시작해 2003년 기준 전 세계적으로 2만 2000대 정도가 쓰이고 있다. 이제는 현대 의학에서 빼놓을 수 없는 필수 진단장비로 자리 잡았다.

흔히 엠아르아이만 찍으면 몸에 있는 모든 질병이나 이상을 다 잡아낼 수 있다고 오해한다. 하지만 실제로는 그렇지 않다. 암이나 양성종양처럼 조직에 이상이 나타나야 잡아낼 수 있다. 또 엠아르아이는 화면 영상을 보통 1센티미터 정도의 간격으로 찍기 때문에 이보다 크기가 작은 조직의 이상은 발견되지 않을 수 있다.

병을 키우는 의약품
항생제로 감기를 잡을 수 있을까?

우리나라 사람들이 약을 많이 먹는다는 사실은 잘 알려져 있다. 약을 복용하는 데 별 거부감이 없거나, 약을 싫어하지만 의사들이 약을 매우 많이 처방하기 때문일 것이다. 약과 관련한 여러 연구 결과에 따르면 두 가지 모두 우리나라 사람들의 약 복용량에 많은 영향을 미쳤다. 환자는 약을 많이 먹어야 빨리 낫는다고 생각하고, 의사는 그런 환자의 요구에 부응하기 위해서라도 약을 많이 처방해야 한다고 생각하기 때문에 복용량이 엄청난 것이다.

건강보험심사평가원의 감기약 처방과 관련된 자료를 보면 감기에 걸렸을 때 주요 국가의 국민들은 1~2가지의 약을 먹거나 그냥 약을 먹지 않고 푹 쉬는 반면, 우리나라 사람들은 4가지가 넘는 약을 먹으면서 제대로 쉬지도 못한 채 일을 한다.

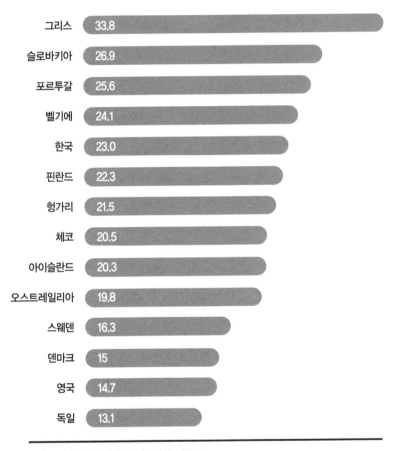

2003년 경제협력개발기구(OECD) 주요 회원국의 항생제 사용량 비교

나라   항생제 사용량(일일권장량/1천 명/일)

나라	항생제 사용량
그리스	33.8
슬로바키아	26.9
포르투갈	25.6
벨기에	24.1
한국	23.0
핀란드	22.3
헝가리	21.5
체코	20.5
아이슬란드	20.3
오스트레일리아	19.8
스웨덴	16.3
덴마크	15
영국	14.7
독일	13.1

＊자료 : 경제협력개발기구(OECD) 건강 자료 2005

1900년대 중반에 들어서서 항생제의 효능을 경험한 많은 환자들이 약에 대해 환상을 갖기 시작했다. 항생제의 한 종류인 스트렙토마이신을 '마이싱'이라 부르면서 만병통치약으로 여기는 할아버지, 할머니들을 요즘도 어렵지 않게 찾아볼 수 있다.

항생제를 처방하는 의료진도 이런 문화의 영향에서 쉽게 벗어나지 못한 것 같다. 실제 대부분의 감기 환자에게 처방할 필요가 없는 항생제가 오남용되는 것이 의사와 약사의 오해에서 비롯한다는 연구 결과도 있다. 한 대학병원의 가정의학과 교수팀이 2003년에 발표한 논문을 보면 이런 사실이 더욱 명백해진다. 이 논문은 어린이 감기 환자를 진료하는 개원의 409명(소아과 205명, 가정의학과 204명)과 약사 158명, 부모 508명을 대상으로 조사한 '항생제 처방에 대한 인식'을 바탕으로 했다.

결과는 놀라울 정도다. '항생제를 사용하면 감기 합병증 발생을 줄일 수 있다'고 잘못 인식하고 있는 의사와 약사가 각각 72.8퍼센트, 73.7퍼센트에 달했다. 10명 가운데 7명 이상의 의사와 약사가 감기에 불필요한 항생제를 쓰는 것이 좋다고 응답한 것이다.

게다가 조사 대상 의사의 10명 가운데 4명꼴인 40.3퍼센트가 '항생제를 처방하지 않으면 보호자가 의사를 바꿀 것'이라고 생각하고 있는 것으로 나타났다. 하지만 실제로는 어린이 보호자의 3.3퍼센트만이 "항생제를 처방하지 않아 의원을 옮긴 적이 있다"고 답했다. 게다가 환

최근 5년 동안 감기에 대한 의료기관의 항생제 처방률 변화 추이

연도	항생제 처방률(%)
2004	64.8
2005	65.8
2006	54.1
2007	55.2
2008	57.0

＊자료 : 건강보험심사평가원

자 보호자의 31.5퍼센트는 "의사가 너무 많은 항생제를 처방한다"고 느꼈다. 이 연구 결과는 의사나 약사들이 항생제를 환자들에게 많이 권하는 이유가 항생제에 대한 잘못된 인식에서 비롯됐음을 보여준다.

그런데 이와 달리 의사들이 항생제를 과도하게 처방하는 것은 약을 많이 쓸수록 생겨나는 리베이트와 같은 경제적인 이유에서 비롯한다는 연구 결과도 있다. 주로 경제학자들이 이런 주장을 내놓았다.

한국개발연구원의 한 박사가 발표한 〈보험 약가제도의 문제점 및 개선방안〉이라는 자료를 보자. 그는 이 자료에서 "경제학은 선과 악을 떠나 지극히 평범한 사람들이 경제적 이익에 따라 움직인다는 가정 아래

출발한다"며 "정부의 의약 관련 제도의 실패 때문에 의사들은 지금도 자연스레 리베이트를 받을 뿐 약값을 낮출 동기를 찾지 못하고 있다"고 말했다.

실제 의약분업이 이뤄지기 전에는 의사와 병원이 약을 직접 다뤘기 때문에 제약회사는 이들을 상대로 영업을 펼칠 수밖에 없었고, 이 때문에 리베이트가 관행처럼 행해졌다. 정부 관계자들은 의약분업 시행 뒤 입원 환자를 제외한 나머지는 약을 약국에서 사야 하기 때문에 적어도 의사는 약을 처방하는 과정에서 리베이트로 이익을 남기지 못하고 있다고 설명한다.

그러나 의학 관련 리베이트는 여전히 존재한다. 감사원은 2008년 8월에 "제약회사는 높은 약가에 따른 이익의 일부를 병원과 같은 의료기관에 리베이트로 제공해 유통구조의 불합리성이 오히려 심화되고 있다"고 밝혔다. 리베이트를 받은 의사들도 잘못했지만, 정부 정책의 실패가 의사들에게 그런 잘못을 저지르도록 유도했다고 지적한 셈이다.

이유야 어찌됐든 우리나라 사람들이 약을 많이 먹고 있는 것은 사실이다. 그러다 보니, 2007년 기준 건강보험 전체 재정에서 약값 지출액이 차지하는 비율이 무려 30퍼센트에 이른다. 이는 주요 국가의 10퍼센트대에 비해 많게는 3배, 적게는 2배나 높은 수치다. 필요한 곳에 약을 쓰면서 비용이 많이 드는 것이야 별문제가 아니겠지만, 우리나라 사람들이 다른 나라에 비해 더 많이 아프지도 않으면서 불필요하게 약을 많이 먹고 있다면 문제가 아닐 수 없다.

불필요한 약이나, 값에 비해서 효과가 떨어지는 약을 많이 먹어서 많은 의료비를 지출하면 그만큼 다른 치료에 쓸 수 있는 돈이 부족해진다. 기존 약과 효과가 거의 같은데 새로 나왔다는 이유로 값이 매우 비싼 약을 쓸 필요는 없다. 고혈압 약의 경우만 봐도 그렇다. 미국 고혈압위원회는 비싸면서도 안전성이 확보되지 않은 신약보다 값싸고 안전성이 확보된 이뇨제를 쓰는 것이 좋다고 권고한다. 합성 비타민제제는 우리 건강을 지키기보다 오히려 사망률을 높인다는 연구 결과도 있다. 이처럼 효과가 제대로 검증되지 않은 약은 절대 사용해서는 안 된다.

약을 먹지 않는 사람에게는 상관없는 이야기가 아니냐고 묻고 싶은 독자도 있을 것이다. 하지만 건강보험 재정이 만들어지는 과정을 보면 이런 질문이 성립하기 어렵다는 사실을 쉽게 알 수 있다. 우리나라의 거의 모든 국민들이 가입한 건강보험의 재정은 국민들이 낸 건강보험료와 담뱃세에서 나오는 건강증진기금의 일부, 국고 지원 등으로 구성돼 있다. 대체로 건강보험료가 80퍼센트, 담뱃세와 국고 지원이 20퍼센트 정도를 차지한다. 이 가운데 건강보험료는 직장인의 경우 월급에서 자동으로 차감되고, 지역 가입자는 별도로 납부해야 한다.

대개 젊은 사람들은 건강보험에 가입해 건강보험료를 꼬박꼬박 내면서도 그 돈이 어디에 어떻게 쓰이는지에는 관심이 없다. 하지만 나이든 부모님이 중병을 앓게 되거나 자신이 중병에 걸린다면 상황은 달라진다. 효율적으로 건강보험 재정을 써야 한다고 생각하게 된다. 때문에 불필요하게 낭비되는 돈을 줄이며 효율적으로 사용할 수 있도록 건강보험에 대해 적극적으로 관심을 가질 필요가 있다. 건강보험 적용 범위가 적절한지도 잘 살펴야 한다. 꼭 필요한 수술인데 건강보험 적용 범위에 해당하지 않는다고 해서 건강보험료를 성실히 내온 환자가 수술비 모두를 부담해야 한다면 얼마나 기막히는 노릇인가.

건강보험 재정도 문제지만 이에 못지않게 중요한 문제가 또 하나 있다. 항생제를 비롯한 여러 약을 많이 먹은 사람이 혼자서 약의 부작용으로 피해를 보는 것은 어쩔 수 없는 일이다. 적어도 자신이 선택한 행동의 결과이니 누구를 탓하기도 어렵다. 문제는 항생제를 전혀 먹지 않은 사람들도 피해를 볼 수 있다는 점이다. 바로 항생제 내성 때문이다.

특정 항생제에 내성이 생긴 세균은 그 항생제로 물리칠 수 없다. 사람들이 항생제를 많이 써서 해당 세균이 내성을 갖게 되면 더욱 강력한 항생제를 써야 한다. 새로 나온 항생제는 효과가 뛰어나지만 그만큼 값도 비싸다. 그렇게 되면 항생제를 전혀 사용하지 않았던 사람도 항생제를 많이 사용한 다른 사람들 때문에 비싼 항생제를 사용해야 하는 경우가 생긴다. 정작 본인은 아무런 잘못을 하지 않았는데도 피해를 입게되는 것이다. 항생제 사용 경험이 많은 사람도 피해를 입기는 마찬가지다. 세균의 내성이 강해질수록 강한 항생제를 사용해야 하기 때문에 항생제를 구입하면서 점점 더 많은 비용을 지불해야 하는 상황에 처할 수 있다. 따라서 항생제는 꼭 필요할 때만 써야 한다.

건강보험료가 헛되게 쓰이는 것을 막기 위해서라도 항생제를 비롯한 약의 오남용 문제는 개선되어야 한다.

자, 이제는 한번쯤 물어보자. 감기에 걸려 병원이나 의원을 찾았을 때 의사가 항생제를 처방하는지 한번쯤은 질문해보자. 그리고 한번쯤은 건강보험심사평가원 홈페이지에서 집 근처 의원이나 병원 가운데 어느 곳에서 감기 환자에게 항생제를 덜 처방하는지 찾아보자. 주변 사람들에게도 찾아보기를 권하자. 항생제를 무턱대고 먹으려는 사람이 있다면 말려야 한다. 바로 나 자신과 우리 사회의 건강을 위해서!

신약의 진실

이뇨제보다 우수한 고혈압 약은 얼마나 될까?

언제 손빨래를 했었나 싶을 정도로 세탁기가 생활필수품이 된 지 오래다. 요즘에는 드럼 세탁기, 은 나노 세탁기, 항균 세탁기 등 종류도 많고, 기능도 다양하다. 그런데 최근 인터넷 사이트 곳곳에서 드럼 세탁기에 대한 불만이 쏟아진다. 소비자의 고충을 다루는 텔레비전 프로그램에도 드럼 세탁기 관련 내용이 등장할 정도로 불만이 곳곳에서 빗발치고 있다.

소비자들이 인터넷 사이트에 올린 드럼 세탁기에 대한 불만의 주요 내용을 정리해보면 이렇다. 드럼 세탁기는 소음이 크고, 세탁 시간이 너무 길고, 빨래도 제대도 되지 않고, 건조도 100퍼센트 되지 않고, 일반 세탁기에 비해 너무 비싸고, 이불 빨래도 잘 되지 않는다. 이 때문에 혼수품을 장만하거나 새로 세탁기를 사려는 사람들에게 가격도 훨씬 싸고 성능도 좋은 기존의 통돌이 세탁기를 사라고 권유하는 글들도 많다.

　전자제품 대리점에 근무하는 직원이라고 밝힌 사람이 올린 글을 보면 드럼 세탁기는 삶음, 건조 등 기능이 다양하고, 세제와 물을 아낄 수 있는 장점이 있다. 이에 비해 가격이 비싸고, 세탁력이 일반 세탁기에 비해 약하고, 통의 크기가 작아 이불과 같은 큰 빨래를 하기가 어렵고, 세탁 시간이 길다는 단점이 있다. 그는 이런 장점과 단점을 소비자가 잘 판단해서 고르라고 권했다.

　대개 사람들은 새로 나온 상품이 기존의 상품보다 더 나으리라 기대한다. 때문에 시장에서는 새 상품이 나오면 기존 상품은 가격을 낮춰 가격 경쟁력을 갖춘다. 그런데 정말 새 상품이 기존 상품보다 나을까? 디자인이야 비교적 짧은 기간 동안에도 새로운 시대에 맞춰 새로운 감각으로 어렵지 않게 바꿀 수 있겠지만 기능도 그처럼 쉽게 바꿀 수 있을까? 그리고 그 기능을 비교해보고 상품을 고르는 것이 가능할까?

　사실 소비자들이 세탁기들을 모두 사용해보고 비교하기란 만만치 않은 일이다. 하지만 전혀 불가능한 일이 아니니 소비자들이 직접 두 제품의 기능을 확인할 수 있다고 치자. 그런데 왜 세탁기를 만드는 회사에서는 두 제품의 기능을 제대로 비교해주지 않는 것일까?

　만약 이런 문제가 우리가 복용하는 약, 그중에서도 혈압이나 혈당을 조절해 뇌졸중이나 심장질환, 신경계질환을 예방하는 약에도 존재한다면? 새로 나온 약이 값은 더 비싸더라도 효과는 기존 약보다 좋아야 할 텐데, 비교하기가 어렵다면? 만약 값만 비싸고 효과가 별로 없다면? 효과는 있는데, 부작용도 만만치 않다면?

세탁기도 아닌 사람의 생명과 건강을 좌우하는 약, 그 가운데서도 신약의 효과에 대한 정보가 제대로 제공되지 않는다는 것은 참으로 놀라운 사실이다. 제약회사가 혈당을 낮추는 약을 새로 내놓아도 어느 누구도 기존의 약과 그 효과를 비교하는 경우가 없고, 그런 자료가 없어도 새로운 약이 나오는 데 아무런 지장이 없다.

결국 판단은 환자와 의사의 몫이 된다. 의사가 기존 약과 신약의 효과를 잘 알아서 환자에게 제대로 처방하든지, 아니면 의사가 신약을 처방하면 환자가 알아서 판단해서 써야 하는 것이다. 자칫하면 환자가 신약에 대한 임상시험 대상이 될 수도 있는 상황이다.

신약이냐, 기존 약이냐를 판단하는 데 참고가 될 만한 전문가들의 발표 내용을 살펴보자.

고혈압 치료에 대해 세계적인 권위를 가지고 있는 '미국합동위원회'는 2003년 5월에 새 지침을 발표하며 혈압을 내리는 약을 써야 할 경우에 이뇨제를 사용하라고 권장했다. 이뇨제는 소변 배출을 돕는 약이다. 이 연구 결과는 의학 분야에서 세계적인 권위를 갖는 〈미국의학협회지〉에 논문으로 실렸다.

위원회가 고혈압에 다양한 효능이 있는 혈압 강하제보다 값이 매우

싼 이뇨제를 쓰도록 권장한 이유는 비용뿐만 아니라 효과와 안전성을 고려했기 때문이다. 위원회는 고혈압 환자라 하더라도 고혈압의 합병증이나 혈관, 심장, 뇌 조직 등 장기 손상이 생기지 않은 경우에는 이뇨제를 사용하는 것이 좋다고 설명했다. 사실 혈압을 낮추는 여러 약들은 이뇨제에서 만들어지기 시작했다고 해도 과언이 아니다. 이뇨제에 비해 수십에서 수백 배 비싼 베타차단제, 칼슘길항제, 전환효소억제제, 안지오텐신수용체차단제 등은 이뇨제를 바탕으로 개발됐으며 효과는 오히려 이뇨제보다 떨어진다.

이 문제에 대한 우리나라 전문가들의 의견 또한 미국합동위원회의 주장과 크게 다르지 않다. 성지동 성균관의대 순환기내과 교수는 〈한겨레〉와의 인터뷰에서 "고혈압을 관리하기 위해 이뇨제를 사용하면 미국에서의 소금 섭취량이 많은 흑인에게 효과가 있었던 것처럼 우리나라 사람들에게도 효과가 나타날 것이다. 우리나라 사람들도 그들처럼 소금 섭취량이 많기 때문이다"라고 말했다. 이방헌 한양대의대 심장내과 교수 역시 "소금 섭취량이 많은 환자들에게 이뇨제와 더불어 칼슘길항제도 좋은 효과를 나타내지만 비용 대비 효과를 고려하면 이뇨제가 유리하다"며 "미국합동위원회도 경제적인 측면까지 고려해 결론을 내렸을 것이다"라고 말했다.

이뇨제는 다른 약에 비해 효과가 떨어지지도 않는데다 약값이 한 알에 8~10원 정도로, 비싸게는 한 알에 500원에서 600원 정도 하는 다른 혈압 강하제와 비교가 안 될 정도로 싸다.

그렇다면 혈압을 낮추는 약만 그럴까? 최근 활발히 개발되는 항암제도 마찬가지다. 특히 항암제는 암을 치료하기보다는 관리한다는 표현이 적당할 정도로 오랜 기간 먹어야 하기 때문에 환자들은 가격에 민감할 수밖에 없다.

2005년 4월 26일자 〈인터넷 한겨레〉에는 폐암 치료제 '이레사'에 대한 기사가 실렸다. 이레사의 효과를 연구했던 의료진은 "암 크기를 절반 이하로 줄이는 것을 효과가 있다고 판정하는 기준을 적용하면 이레사의 항암 효과는 전체 환자의 20퍼센트 정도에서 나타나며 이는 기존의 항암제와 비슷하다"라고 말했다. 내용을 좀 더 보면, 이레사는 글리벡처럼 만성골수성백혈병 환자 70퍼센트 이상에서 효과를 보이는 기적의 항암제가 아니라는 설명이 나온다. 다만 탈모, 구토 등과 같은 부작용은 덜했다. 이레사를 개발한 제약회사는 부작용을 줄였기 때문에 이레사가 삶의 질을 높이는 데 도움을 준다는 내용을 빼놓지 않고 광고한다. 많은 언론사들도 효과보다는 부작용이 줄었다는 점을 강조했다. 하지만 우선 고려돼야 하는 신약의 효과는 기존의 약들보다 결코 우수하지 않았다.

신약을 선택할 때 한 가지 더 고려해야 할 점은 안전성이다. 예를 들어 이뇨제는 1950년대 후반에 개발된 뒤 지금까지 오랜 기간 써왔기 때문에 최근에 나온 약들에 비해 그 부작용이 충분히 알려져 있다. 고혈압의 경우 주로 40대에 생겨서 이후 길게는 30년에서 40년 동안 약을 먹어야 하기 때문에 복용 후에 생기는 부작용 여부가 중요하다. 그래서 고혈압 환자들은 부작용을 살피며 계속해서 다른 약을 선택하기도 하고 바꾸기도 한다.

그런데 최근에 나온 새로운 혈압 강하제는 오랜 기간 사용하면서 축적된 부작용에 대한 정보가 당연히 존재할 수 없다. 반면 이뇨제는 부작용이 잘 알려져 있어 조금만 주의를 기울이면 그만큼 안전하게 사용할 수 있다. 이런 이유 때문에 새롭고 비싼 약이 오래되고 값싼 기존의 약보다 낫다고만은 할 수 없는 것이다.

조홍준 울산대의대 가정의학과 교수는 〈한겨레〉에 기고한 글에서 "새 약은 허가를 받는 과정에서 많아야 수천 명의 보통 사람이나 환자에게 약을 써본다"고 설명하며 "심각하지만 흔하지 않은 부작용은 파악하지 못할 때가 종종 있다"고 지적했다. 조 교수는 "또 이 과정에서 대개 중병을 앓고 있거나 나이가 너무 많은 사람들은 제외되기 때문에 약이 나온 뒤 이런 환자들의 안전성을 담보할 수 없는 경우가 많다"고 덧붙였다.

흥미로운 사실은 미국에서 고혈압에 대한 이뇨제의 사용 권고안을 발표한 이후에도 의사들의 처방 행태는 거의 달라지지 않았다는 점이다. 《질병판매학》이라는 책을 살펴보면, 미국합동위원회의 연구 결과를 적용해 전 세계적으로 고혈압에 이뇨제를 처방하는 것으로 처방 행태를 바꾼다면 수십억 달러를 절약할 수 있다. 하지만 현실에서는 제약 회사의 판촉망이나 텔레비전의 약 광고 등이 과학적 결과나 근거보다 의사들의 처방 행태에 더 많은 영향을 끼친다.

제약회사와 접촉이 많은 의사들은 그렇다 치자. 이쯤 되면 한 가지 의문이 생긴다. 언론들은 왜 이렇게 검증되지도 않은 내용들을 보도할까? 좀 더 비판적인 독자라면 언론이 비판과 감시의 기능을 제대로 못하고 있는 것 아니냐고 지적할 수도 있겠다. 정말 언론은 왜 그럴까?

첫 번째 이유는 언론이 '새로운 것'을 너무나 좋아할 뿐 아니라 신격화하는 속성을 지녔기 때문이다. 신문(新聞)의 '신(新)'과 뉴스페이퍼(Newspaper)의 '뉴(New)'는 새로움 그 자체다. 새로운 내용이라야만 독자들의 관심을 끌 수 있고, 그렇기 때문에 언론은 새로움에 속된 말로 '환장'하는 것이다.

하지만 언론의 또 다른 속성은 '정확성'에 있다. 아무리 빠른 보도라고 해도 내용이 틀렸다면 아무짝에도 쓸모가 없다.

특히 건강과 질병 관련 정보에서는 신속함도 중요하지만 정확한 것이 더 중요한 요소다. 건강검진에서 암이라고 잘못 진단돼서 수술까지 받았다고 가정해보자. 그 손해는 말로 표현할 수 없을 정도로 클 것이다. 다른 예로 암 치료를 위해 기존의 표준요법을 써야 하는데, 아직 효과가 검증되지 않았지만 새로 나왔다는 이유로 신약을 써서 치료의 기회는 놓치고 부작용만 겪는다고 해보자. 그 손해 또한 말로 표현할 수 없을 것이다.

다른 상품들도 늘 새로운 것을 중심으로 소개하지 않느냐고 반문하는 사람도 있을 것이다. 그러나 다른 상품은 소비자가 구입하기 전에 미리 써보거나, 남들의 이야기를 들으며 어느 정도의 정보는 노력에 따라 구할 수 있지만 의료 영역의 경우는 다르다. 특히 까다롭고 복잡하고 전문적인 의학용어는 의사가 자세히 설명해도 일반 사람들이 이해하기 힘들다.

더 심각한 문제는 거대 자본을 가진 제약회사가 영향력을 행사해 자사에 유리한 기사가 실리게 하는 경우다. 조홍준 교수는 〈한겨레〉에 기고한 글에서 "제약회사의 판촉활동을 무시할 수 없다. 제약회사는 때로는 편법적이고 비합법적인 방법을 포함한 여러 수단을 통해 의사의 처방에 영향을 끼친다. 제약회사와 접촉 빈도가 의사의 처방에 큰 영향을 준다는 연구도 있다"고 밝혔지만, 이는 언론사도 예외는 아니다.

일부 제약회사는 광고와 기획 기사 아이디어를 묶어서 언론사에 제시하기도 한다. 기사에서 신약의 장점이 나열되고, 얼마 뒤 광고에서 이를 재확인한다면 독자들이 해당 약의 이름을 기억할 가능성은 그만큼 커진다. 만약 미국처럼 전문의약품을 광고할 수 있게 한다면 이런 현상은 더욱 가속화될 것이다.

사실 환자들이 새로운 약이 좋을 것이라는 막연한 기대를 갖지 않기란 쉽지 않다. 서양의학의 치료법이 아직 완벽하지 않은 상황에서 환자들이 새로운 것에 기대를 품는 것은 어찌 보면 매우 자연스러운 현상이다. 종종 표준요법을 제시하는 의사에게 인터넷, 언론 보도 등 여러 경로를 통해 정보를 얻은 환자들이 오히려 신약을 처방해달라고 요구하기도 한다. 이런 환자를 탓하기는 어렵다. 다만 언론이 새로운 것에 강한 유혹을 느끼는 속성을 지녔음을 잘 알고 신약 관련 기사로 인한 피해를 줄일 수 있도록 환자와 독자들 스스로 주의해야 한다.

신문이나 방송 등 대중매체에 등장하는 새로운 치료법은 일단 검증되기 전의 치료법이라고 생각하자. 그리고 기회가 된다면 의사에게 한 번 물어보자.

"방송에서 소개된 새 치료법이 기존 치료법보다 낫다는 근거가 있나요?"

임상시험과 신약

의학 관련 기사를 보면 '○○제약회사, ○○약 임상시험 한국과 미국에서 동시 진행', '○○제약, 올해에만 미국에서 3개 약 임상시험' 등과 같은 제목을 쉽게 접할 수 있다. 거의 매일 종합 일간지나 경제지 그리고 의학 전문지에 이런 제목의 기사가 실린다고 해도 과언이 아니다. 그만큼 자주 등장하는 제목이라는 이야기다.

물론 곳곳에서 수많은 임상시험이 이뤄진다. 하지만 실제 신약이 그렇게 자주 등장하지는 않는다. 보통 1만 건에서 10만 건 정도의 임상시험에서 한두 종류의 약만 상품으로 만들어질 뿐이라는 지적도 나온다.

임상시험을 진행하고 있다고 해서 반드시 그 연구 성과가 큰 의미를 가진다고 보기는 어렵다. 중요한 것은 임상시험의 결과 자체다. 그렇다면 언론은 왜 제약회사들이 임상시험에 착수했다거나 진행 중이라는 사실을 대대적으로 보도할까?

언론의 임상시험 보도는 해당 제약회사가 발전할 수 있다는 가능성을 알리는 기회로 작용한다. 때문에 그 보도는 곧바로 그 회사의 주식 가치에 영향을 미친다. 그렇다고 언론이 제약회사의 이익을 위해 임상시험을 보도하는 것은 아니다. 언론이 임상시험과 같은 연구 결과를 널리 알리려는 가장 큰 이유는 사람들이 건강을 다지는 데에 도움을 주고자 하기 때문이다.

하지만 현재 특정 질환을 앓고 있다면 해당 임상시험 진행 소식에 너무 큰 기대를 갖는 것은 금물이다.

병원에서의 사망률과 생존율

병원이 바로 저기다, 이젠 살았다?

드라마나 영화를 보면 주인공이나 주인공과 매우 밀접한 관련이 있는 인물이 심하게 다쳐 병원을 찾는 장면이 흔히 나온다. 이보다 더 흔한 장면이 여주인공에게 어떤 증상이 생겨 병원을 찾았더니, 말기 암처럼 더 이상 손을 쓸 수 없다는 통보를 듣는 경우다.

또 드라마에서 외상 입은 사람들을 후송하면서 보호자들은 대부분 이런 이야기를 한다. "병원이 눈앞에 보인다. 이제 살 수 있다." 그런데 실제로 심한 외상을 입고 응급실을 찾은 환자가 살 수 있는 확률은 얼마나 될까?

2008년 4월 23일자 〈메디컬 투데이〉에 난 기사를 보면 우리나라 응급실 내원 환자 사망률이 100명당 12명에 이른다. 한 가지 유의할 점은 응급실은 응급 환자만 찾는 곳이 아니라는 것이다. 이 수치에는 중상이 아닌데도 야간이라서 어쩔 수 없이 응급실을 찾았거나, 암과 같은 심각한 질환을 앓고 있는 환자가 입원을 빨리 하기 위해 응급실에 왔다가 사망한 경우도 포함돼 있다. 따라서 응급 환자들이 응급실에 도착한 경우만을 놓고 사망률을 계산하면 그 수치는 더욱 높아진다.

또 다른 통계도 있다. 2008년에 보건복지가족부가 발표한 자료를 보면 2007년 기준 응급실 사망 가운데 33퍼센트가 예방 가능한 사망이다. 응급실에 도착해도 현대 의학 기술의 한계로 죽을 수밖에 없는 사람들을 제외하고, 충분히 목숨을 구할 수 있는 환자 가운데 무려 33퍼센트가 사망한다는 이야기다. 10명 가운데 3명은 응급실의 시스템, 인력, 시설 등 여러 가지 환경의 미비로 사망하는 것이다.

이런 수치를 보면 "병원에 다 왔어. 이제 살 수 있어"라는 말은 실현 가능성이 매우 희박하다.

극적인 표현이 허용되는 드라마나 영화 대사 하나에 이처럼 객관적인 자료를 들이대며 반박할 필요가 있느냐는 비판이 나올 수 있다. 하지만 현실에서는 이런 말이 통하지 않는다는 점은 분명히 짚고 넘어갈 필요가 있다.

많은 사람들은 '병원에만 가면 살 수 있다'는 말을 평소에는 흘려듣지만 막상 급박한 상황에 처하면 이를 사실로 믿는다. 병원에서 더 이상 손 쓸 수 없는 환자도 이런 믿음 때문인지 선뜻 병원을 떠나려 하지 않는다. 암과 같은 중증질환이 이미 너무 많이 진행돼 있어 현대의 서양의학 기술로는 어찌할 수 없어도—즉 서양의학의 근거를 가진 치료법으로는 치료가 되지 않아도—심지어 다른 질병의 치료를 받는 한이 있더라도 퇴원하지 않는 환자도 있다.

이는 국립암센터의 조사 결과에서 확인해볼 수 있다. 2008년 1월 초 〈한겨레〉에 실린 기사를 보면 더 이상 치료가 불가능하고 임종이 가까운 말기 암 환자들 가운데 상당수가 불필요한 항암 치료를 받고 있다.

윤영호 국립암센터 암관리사업부장과 허대석 서울대병원 혈액종양내과 교수팀이 2004년 한 해에 우리나라 17개 병원에서 암으로 숨진 환자 3750명을 대상으로 조사를 실시했다. 주된 조사 내용은 사망 전 1년 동안의 진료 비용과 의료 이용 행태다.

조사 결과, 사망 전 6개월과 3개월 안에 각각 전체의 절반에 가까운 48.7퍼센트, 43.9퍼센트가 항암 치료를 받은 것으로 나타났다. 이는 미국의 33퍼센트, 23퍼센트보다 훨씬 높은 수치다. 심지어 우리나라 환자들은 사망하기 1개월 전에도 30.9퍼센트가 항암 치료를 받은 것으로 조사됐는데, 이 역시 미국의 9퍼센트보다 3배 이상 높다.

말기 암 환자는 현대 의학의 치료 방법으로는 생명을 더 이상 연장할 수 없다. 연구진은 말기 암 환자에게 신체적 혹은 경제적 고통을 안겨주는 무의미한 치료보다 통증을 덜어주며 환자들이 남은 삶을 편안하게 보낼 수 있도록 호스피스 완화의료를 선택하는 것이 바람직하다는 입장을 보였다. 또 인생의 마지막 순간을 잘 정리하고 가족을 비롯해 사랑하는 사람들과 의미 있는 시간을 보내면서 죽음을 품위 있게 맞이할 수 있도록 도와야 한다고 주장했다.

결국 이 연구 결과는 우리가 흔히 굉장한 과학기술의 집합체로 여기는 '의료'가 분명히 한계를 지니고 있으며, 의료진들이 이런 한계를 솔직하게 인정하고 환자의 삶의 질을 높이도록 돕는 것이 바람직하다고 전하는 셈이다.

'병원에만 가면 살 수 있다'는 말을 믿는 것은 그래서 위험하다. 모든 질병이나 아픔을 병원에서 해결할 수도 없거니와 병원에 지나치게 의존하는 태도는 바람직하지 않다. 의료진도 현대 의학 기술로 치료가 어렵다면 솔직하게 이를 환자에게 설명하고 이해를 구한 뒤, 환자가 다른 편한 길을 찾도록 도와야 한다.

'병원에만 가면 살 수 있다'는 말과 함께 드라마나 영화에서 많이 듣게 되는 대사는 "왜 이리 늦게 오셨습니까? 이미 병이 많이 진행돼 손을 쓸 수가 없습니다"이다. 별말 아닌 듯하지만, 이런 말을 자꾸 듣다 보면 평소 병원을 자주 가야 죽음을 일으키는 심각한 질병을 미리 발견해서 건강하게 살 수 있다는 생각을 하게 된다. 그런데 미리 병원을 찾아 건강검진을 받는다고 해도 질병을 초기에 발견하기란 쉽지 않다. 암과 같은 중증질환 가운데, 들이는 비용에 비해 조기 발견 효과가 큰 경우는 자궁경부암, 유방암, 대장암 정도다. 질병 진행 속도가 느리면서 적절한 조기검진법이 있는 질환만이 '왜 이리 늦게 오셨습니까?'라는 말에 해당하는 것이다.

윤리적인 의사라면 사실 질병 발견의 책임을 환자에게 돌리지 않는다. 책임을 다하는 의사가 "왜 이리 늦게 왔습니까?"라고 말하는 경우는 드물다. 환자는 이를 명심해야 한다. 건강한 사회라면 적절한 조기 검진을 제도화하고, 위험성이 있다면 누구나 조기 검진을 받을 수 있어야 한다. 이것이 건강한 사회의 바람직한 의료제도다. 물론 언론도 이런 순환이 가능하도록 지적하고 비판하며 맡은 역할에 충실해야 한다.

그런데 언론 기사를 보면 종종 환자들을 두고 병원을 찾지 않았다고 지적하거나 매우 심하게 비판하는 내용도 나온다. "20대 여성 가운데 절반 가까운 여성들이 산부인과를 찾은 경험이 없는 것으로 드러났다"와 같은 내용을 담은 기사가 대표적인 사례다. 20대부터 50대까지의 여성 548명을 대상으로 조사한 결과를 소개한 이 기사에 따르면, 20대 여성 가운데 44퍼센트가 단 한 번도 산부인과를 방문한 경험이 없는 것으로 나왔다.

아무 증상이 없는데 병원을 찾을 사람은 없다. 물론 산부인과의 경우 특별한 증상이 없어도 결혼이나 임신 전 사전검사를 위해 찾을 수 있다. 그러나 많은 여성들이 과거보다 늦은 나이에 결혼하면서 결혼과 출산이 30대에 이루어지는 경우가 계속 늘고 있다. 이런 추세를 감안하면 아무 불편이나 증상도 없는 20대 여성이 산부인과를 찾지 않는다고 마치 큰 문제가 있는 것처럼 지적할 필요는 없다.

병원을 찾지 않고도 자신의 건강을 유지할 수 있는 사회가 훨씬 더 바람직한 사회라는 데에 누구나 동의할 것이다. 그런 분위기를 만들기 위해서는 병원을 더 많이 찾게 하거나 방문하지 않았다고 지적할 것이 아니라, 되도록 병원을 찾지 않아도 건강을 유지할 수 있게 하고 꼭 필요할 때만 의사를 찾도록 하는 의료제도 만들기에 사회 구성원 모두가 동참해야 한다.

Tip

호스피스란?

2008년 11월 말, 우리나라에서 처음으로 '존엄사'를 인정하는 판결이 내려졌다. '존엄사'는 흔히 '소극적 안락사'라 부르기도 한다. 뇌사 상태인 김아무개(76)씨와 그 자녀들이 '무의미한 연명치료를 중단해달라'며 제기한 연명치료장치 제거 청구소송에서 재판부는 "김씨의 인공호흡기를 제거하라"고 원고 일부 승소 판결을 내렸다.

재판부의 판결 내용을 좀 더 살펴보면 다음과 같다. 재판부는 김씨에 대한 인공호흡기 부착 등의 치료 행위가 상태 회복이나 개선에 아무런 영향을 끼치지 못해 의학적으로 무의미하다고 판단했다. 재판부는 헌법 10조가 보장하는 개인의 인격권과 행복추구권에, 생명 유지 치료가 육체적·정신적 고통을 강요하고 인간의 존엄과 인격적 가치를 해할 때는 환자가 의사의 치료를 거부할 수 있고, 병원은 이에 응할 의무가 있다고 명시돼 있는 점을 판결의 근거로 내세웠다.

이번 판결은 앞으로 항소 등을 통해 사회적인 논의 과정을 거치게 될 것이다. 이번 판결을 계기로 말기 암 환자들이 무의미한 항암 치료를 받는 것을 부정적으로 보는 여론이 형성되었다. 그리고 암 때문에 나타나는 통증이나 일상생활의 불편 등을 덜어주는 치료를 하는 호스피스의 필요성에 대한 사람들의 관심이 높아졌다.

이미 우리 사회에서는 더 이상 치료가 힘든 환자들은 편안한 죽음을 맞이할 수 있도록 돕자는 중지가 모아졌다. 국립암센터가 2008년 10월에 조사한 결과, 응답자의 87.5퍼센트가 연명 치료가 의미가 없을 때 존엄사에 찬성한다고 답했다.

탄생과 함께 가장 중대한 인간사의 하나인 죽음에 대해서 무엇보다도 중심에 놓고 고민해야 할 점은 환자 본인의 의사와 판단일 것이다. 이번 판결에서 재판부는 환자의 평소 생각을 중심에 놓고 결정을 내렸다. 자살은 막아야 하고 해서도 안 되지만, 존엄하게 죽을 권리에 대해서는 다른 각도에서 생각해볼 필요가 있다.

병원의 상업화 1
병원이 장기 입원 환자를 꺼리는 이유는?

건강 관련 기사에는 일관된 특징이 하나 있다. 바로 거의 대부분의 기사가 병원을 찾으라고 권하며 끝을 맺는다는 것이다. 기사들은 대개 기침과 같은 단순한 증상도 결핵일 수도 있고, 천식일 수도 있고, 심지어는 폐암일 수도 있다고 전한다. 그러니 어서 병원에 가서 검사를 받으라는 것이다. 적어도 폐암과 같은 중병을 언급할 때는 앞에 '아주 드물게는'이라는 단서 정도는 붙여야 할 텐데 그렇지 않은 기사도 많다.

언론 기사들이 단순한 증상이라도 위독한 질병일 수 있다며 불안감을 조성하고 사회적 분위기가 그런 불안감을 증폭시킴에 따라 자연스레 큰 병원을 찾는 사람들이 늘어났다. 동네 의원에서 치료받을 수 있는 가벼운 증상에도 대학병원과 같은 대형병원의 외래를 찾는 경우도 있다. 대형병원을 찾으면 증상에 대해 제대로 설명을 들을 시간적 여유도 없이 대부분 간단한 약 처방만 받는다.

진료 시간이 채 3분을 넘지 않지만, 대형병원에서 외래 진료를 받은 뒤 내야 하는 돈은 동네의원의 진료비에 비할 데가 아니다. 동네의원에서는 전체 진료비의 30퍼센트를 환자가 부담하면 되지만, 대형병원 외래에서는 전체 진료비의 50퍼센트를 내야 한다. 여기에 선택진료비, 흔히 말하는 특진비까지 붙으면 그 비용은 더 늘어난다. 선택진료비는 건강보험이 적용되지 않기 때문에 전액을 환자가 내야 하고, 병원에 따라, 또는 같은 병원 안에서도 진료 내용에 따라 약간씩 다를 수 있다.

비싼 진료비에도 불구하고 대형병원 외래를 찾는 이유는 여러 가지다. 우선 규모나 시설 면에서 상대적으로 떨어지는 동네의원을 신뢰할 수 없다는 것이 주된 이유 가운데 하나다. 사람들이 이런 인식을 갖게 된 데에는 언론도 한몫했다. 필자를 포함한 기자들이 건강 관련 기사를 작성할 때는 주로 대형병원에서 일하는 의사들을 취재원으로 삼는다. 이 때문에 건강 관련 기사를 본 사람은 자연스럽게 대형병원의 의사들은 '명의'라고 생각하게 된다.

이런 일이 반복되다 보니 이제 동네의원은 진료의뢰서를 떼는 곳으로 전락하고 말았다. 사람들은 으레 진짜 진료는 대형병원 외래에서 받는 것으로 여기게 된 것이다.

당연히 대형병원 외래는 초만원이다. 과거와 달리 진료 시간이 30분에서 1시간 단위로 끊어지고 그에 맞게 환자들을 안내하기 때문에 과거보다 대기 시간은 줄었다. 그래서 '3시간 대기 3분 진료'는 이제 옛 말이다. 최근에는 '30분 대기, 30초 진료'로 바뀌고 있다.

대형병원 입장에서는 외래 환자들이 몰리면 그들에게서 선택진료를 포함해 비싼 진료비를 받을 수 있으니 손해날 것이 하나도 없다. 오히려 많은 이익을 취할 수 있다. 때문에 동네의원을 찾아도 될 환자들이 대형병원의 외래에서 진료를 받는 현상은 대형병원으로서는 매우 반가운 일이다.

하지만 입원 환자의 경우는 사정이 완전히 다르다. 대형병원에서는 중병으로 입원한 사람들이나 그 보호자들이 입원 기간을 길게 잡아달라고 병원 측과 승강이를 벌이는 장면을 흔히 볼 수 있다. 어찌 보면 참 희한한 일이다. 돈을 내야 하는 환자는 큰 수술이나 검사 뒤 병원에 더 남아 있으려 하고, 돈을 받는 병원 측은 환자를 빨리 내보내려 하니 말이다. 심지어 아직 수술 뒤 상처가 아물지도 않았는데 병원 측이 퇴원을 강요하자 억울한 마음에 그 사실을 신문사에 제보해온 사람들도 있었다.

큰 수술을 받았거나 진단이 어려운 질병의 진단을 위해 여러 처치나 검사를 받아야 하는 환자가 중간에 퇴원을 하지 않으려는 것은 당연하다. 섣불리 퇴원했다가 회복 중인 상처가 덧나거나 다른 합병증이 나타나 증세가 더 악화될 수 있기 때문이다. 또 노인 환자들은 돌봐줄 사람이 없는 것도 큰 문제다. 노인 환자를 집에 모시는 맞벌이부부라면 둘중 한 명이 일을 쉬어야 할 텐데 그것이 말처럼 쉽지 않은 것이다. 이런 저런 이유로 환자나 보호자는 병원에 더 입원하기를 바란다. 그중에는 종종 "돈 내면서 있겠다는데, 왜 나가라고 하느냐"며 아예 병원 쪽과 언쟁을 벌이거나 싸움을 하는 사람도 있다.

병원 측은 이에 대해 대기 환자가 많고, 회복되는 동안은 중소병원에 있어도 된다며 맞선다. 물론 병원 입장에서도 환자를 내보낸다는 것은 참 어려운 일이다. 빨리 내보냈다가 합병증이 생기거나 위급한 상황이라도 발생하면 병원 측에서 책임을 물어야 할 수도 있다.

그런데도 대형병원일수록 입원 환자를 오래 붙들어놓지 않으려고 한다. 이른바 '병상회전율'을 높이기 위함이다. 병상회전율은 일정 기간 동안 병상 1개당 환자들이 얼마나 많이 입원했는지를 평가하는 지수다. 병상회전율이 높다는 것은 그만큼 많은 환자가 입원했다가 빠른 시간 안에 퇴원했음을 뜻한다.

병상 수에 비해 입원 환자 수가 적은 병원이라면 병상회전율이 별 의미가 없다. 오히려 입원 기간을 연장시키면서까지 환자를 붙잡아두고자 할 것이다. 하지만 우리나라 대형병원의 경우는 다르다. 대형병원들은 입원 대기 환자가 입원 환자만큼이나 많다. 이런 병원들은 비싼 검사나 수술이 끝난 뒤에는 퇴원 절차를 가능한 한 빨리 밟게 한다. 병상회전율이 높을수록 병원의 수입이 올라가기 때문이다.

환자마다 입원료, 식비, 약값 등 하루에 지출하는 비용은 거의 비슷할 텐데 병원 측은 왜 유독 장기 입원환자를 꺼리는 걸까? 병실의 구성이나 식사 내용 등에 따라 조금씩 가격이 다르기는 하겠지만 대개는 그리 크게 차이나지 않는다. 고가의 비용이 드는 경우는 따로 있다. 수술이나 값비싼 검사는 대부분 입원 초기에 이뤄진다. 이후 회복 기간에는 큰돈이 들어갈 일이 거의 없다. 그렇기 때문에 병원 입장에선 회복기에 있으면서 의료비 지출이 적은 환자를 빨리 내보내고, 대신 값비싼 검사나 약 치료를 받을 새로운 환자를 입원시키고 싶어하는 것이다.

이런 상황에서 대형병원의 의료진은 경영진으로부터 병상회전율을 높이라는 압박을 받는다. 내부 회의에서 특정 진료과나 병동의 병상회전율을 거론하기도 하며, 심지어 병상회전율이 높은 쪽 의사들에게 인센티브까지 주는 경우도 있다.

물론 이와 같은 영리 위주의 병원 경영 방침을 비판하는 의사들도 많다. 한 대학병원 교수는 사석에서 "젊은 시설 인턴이나 레지던트로 지낼 때에는 치료가 끝났는데도 돈이 없어 퇴원 못하는 환자를 '야반도주' 시키기도 했고, 병원 측이 이를 알고서도 묵인해주기도 했다"며 "이제는 병상회전율까지 체크하면서 병원 돈 벌어주기에 급급해야 하니……"라고 한탄했다.

그럼 입원 병상 수가 늘어나면 이런 문제가 해결되지 않겠느냐는 지적도 있을 수 있다. 지금은 병상이 2000개뿐이어서 환자를 빨리 내보낼 수밖에 없다면 3000~4000개로 병상 수를 늘려야 한다는 지적이다.

하지만 현실은 그렇지 않다. 병상 수가 늘어나면 입원 환자는 또 늘어난다. 동네의원이나 중소병원에서 진료하거나 수술할 수 있는 환자도 대형병원에 병상이 남아 있으면 대형병원으로 몰리기 때문이다. 결국 병상 수를 늘려도 대형병원의 병상 수 부족 현상은 해결되기 어렵다.

앞으로 이런 현상은 더욱 심해질 것이며, 이른바 '병원의 기업화'도 가속화될 것이다.

의사유인수요(PID, Physician Induced Demand)란?

쉽게 말해 의사나 병원이 환자들을 끌어모으는 것을 의미한다. '의료 행위도 일종의 상품인데 당연한 것 아닌가'라고 반문하는 사람도 있을 것이다. 하지만 의료라는 상품은 독특한 특성을 지닌다. 공급자는 환자의 상태를 알고 있는데, 정작 수요자인 환자는 자신의 상태를 잘 모른다는 것이다. 그리고 환자는 의료라는 상품에 대해서도 잘 모른다.

그렇기 때문에 의사가 마음만 먹으면 멀쩡하거나 조금 이상한 사람도 환자로 만들 수 있다. 1950년대 말부터 이런 의사유인수요에 대한 조사 논문이 외국에서 여러 차례 발표됐다.

한 논문에 따르면 어떤 지역에 병원이 하나 있을 때나 두 개 있을 때 각 병원의 입원율이 비슷했다. 병원이 두 개로 늘어났으면 환자가 반으로 갈라져 한쪽의 입원율이 절반까지는 아니더라도 많이 떨어져야 할 텐데 그렇지 않았다는 것이다. 연구자들은 이런 현상이 나타난 것은 의료 공급자인 병원 쪽 필요에 의해서 환자가 더 만들어졌기 때문이라 분석했다.

그 뒤 의사유인수요라는 말에 반대되는 내용을 담은 연구 결과들도 나왔고, 최근에는 관련 논란들이 더욱 복잡한 양상을 띠고 있다. 그럼에도 의사유인수요는 여전히 수요자는 필요에 관계없이 상품을 구매해야 할 수도 있다는 의료의 중요한 특징을 설명하는 단어로 쓰인다.

병원의 상업화 2
누구를 위한 '영리병원'인가?

2008년 6월, 제주도에 국내 영리병원 설립을 허용하려는 구체적인 논의가 시작됐다는 기사가 나온 적이 있다. 이를 추진하는 정부와 제주도는 영리병원이 설립되면 제주도민을 비롯해 전국의 국민들이 지금보다 나은 의료 서비스를 받을 수 있게 된다고 설명했다. 또 이 병원에서 나오는 이윤이 제주도민의 수입원이 될 것이라고 덧붙이기도 했다.

하지만 이에 대해 보건의료 시민단체와 제주도의 시민단체는 반대 입장을 표명했다. 제주도에 영리병원이 허용되면 오히려 제주도민의 의료서비스 이용을 불편하게 할 것이고, 환자들의 의료비 부담만 커질 것이라고 주장했다. 아울러 소득 수준에 따른 의료 이용 격차만 커지게 할 것이라고 비판했다.

대부분의 사람들은 영리병원에 대해 잘 모르기 때문에 찬반을 떠나서 이런저런 의문이 먼저 들 것이다. 그중 한 가지는, 지금도 병원이 환자들에게 치료비를 받아 이윤을 남기고 있는데, 즉 영리 활동을 하면서 의사와 간호사 월급도 주는데 새삼 '영리병원'이란 말이 나오는 이유는 무엇인가 하는 것이다.

독자들의 생각과 달리, 사실 현재 의원과 일부 개인병원을 제외하고 많은 병원들은 비영리병원이다. 의료법인이나 사회복지법인, 교육법인 등 여러 법인 형태로 존재하는 병원들이 여기에 속한다. 웬만큼 큰 병원들은 거의 대부분 비영리병원에 속한다고 보면 된다. 물론 이 법인 병원들 역시 개인병원이나 의원들처럼 환자들에게 진료비를 받아 이윤을 남기고 병원을 운영한다. 차이점은 개인 의원이나 병원은 병원 경영에서 생긴 이윤을 원장 호주머니에 넣어도 문제가 되지 않지만, 비영리병원은 그렇게 하지 못한다는 것이다. 비영리병원은 환자의 진료를 통해 얻은 이윤을 병원 시설이나 인력 확충 등 병원에 관련된 비용으로는 쓸 수 있지만, 병원과 무관한 일에 쓰는 것은 금지되어 있다.

영리병원이 허용되고 병원에도 자본 투자가 가능하도록 하는 안이 국회에서 통과되고 법으로 만들어진다면 상황은 달라진다. 병원에 자본을 투자한 사람들은 병원 쪽에 이윤을 더 많이 남기라고 강요하게 될 것이다. 개인들이 저축을 할 때 이자율이 좀 더 높은 은행에 맡기려 하는 것과 똑같은 이치다.

영리병원에 찬성하는 사람들은 영리병원이 일반화되면 수준 높은 의료서비스를 더욱 저렴한 가격에 받을 수 있을 거라고 말한다. 다른 기업과 마찬가지로 이윤을 극대화하기 위해 병원끼리 환자를 더 많이 유치하기 위해 경쟁을 벌일 테고, 그렇게 되면 의료비는 자연히 떨어진다는 논리다.

과연 그럴까? 반대하는 입장에서 보면 경쟁이 진료비를 깎는 것이 아니라 오히려 환자들의 의료비를 올리게 될 것이고, 아울러 소득 수준에 따른 의료 이용 격차만 커지게 한다는 것이다. 이 글은 영리병원에 대해 비판적인 관점을 가지고 썼음을 밝히고 계속 이야기를 이어가자.

먼저 영리병원에 찬성하는 사람들은 한 가지 치명적인 문제를 간과하고 있다. 의료서비스에 관한 한 소비자가 왕이라는 논리는 통할 수 없다는 사실이다. 여러 병원의 서비스를 따져보고 까다롭게 고를 수 있는 능력이 애초에 없는 것이다. 전문적인 용어들이 난무하는 의학판에서 과연 소비자(환자)에게 얼마만큼의 선택의 여지가 있을 거라고 생각하는가.

예를 들어 자동차를 살 때 품질은 A라는 자동차가 더 낫고 가격 효율성은 B가 낫다고 했을 때 자신의 처지와 취향에 따라 A나 B 가운데 하나를 고르면 된다. 그러나 자동차와 인간의 목숨을 다루는 의료행위는 결코 동일선상에 놓고 판단할 수 있는 상품이 아니다. 자동차는 인터넷을 비롯한 여러 경로를 통해 관련 정보를 얻고, 완벽하진 않지만 어느 정도 자신에게 맞는 모델을 스스로 파악할 수 있다. 설사 나중에 후회하는 일이 생기더라도 그 때문에 자신의 '목숨' 을 걸어야 하는 선택은 아닌 것이다.

하지만 의료는 차원이 다르다. 의료인은 환자에 대해 일방적으로 우월한 의학적 지식과 권위를 갖는다. 비록 사회에서는 환자가 더 많은 돈과 권력을 갖는다고 해도 병원에 들어서는 순간 일방적인 권력의 상하구조 아래 놓일 수밖에 없다. 물론 지금은 그런 권력구조가 많이 무너지긴 했다. 그럼에도 환자는 검사나 수술, 처치 등 진료 내용을 선택하기보다는 의사 등 의료인의 권유에 따를 수밖에 없다. 의학 지식의 절대적 차이 때문에 정상적인 시장 원리가 작동되지 않는 것이다.

앞의 병상회전율 문제로 다시 돌아가 보자. 병원이 의학적 판단보다 '자본' 의 지배를 받게 된다면 병상회전율은 그나마 점잖은 얘기가 될 것이다. 지금 상태에서는 경영진이 병상회전율을 아무리 강조한다 해도 병원은 수익 지상주의 원칙을 따르는 조직이 아니기 때문에 '의학적으로' 필요하면 수익이 줄더라도 입원 기간을 늘려야 한다는 논리가 통할 수 있다. 과거보다 수익을 좇는 경향이 심해졌지만, 환자를 우선하려는 병원과 의사들의 최후의 양심이 아직 남아 있다는 이야기다. 하지만 이윤이 먼저라면 상황은 완전히 달라진다.

당장 자본 투자자와 병원은 이윤을 더 많이 남기기 위해 더욱 병상회전율을 올리라고 직원들에게 암암리에 또는 공개적으로 당부하거나 명령할 것이다. 또 비싼 돈을 주고 들여온 의료기기나 검사 장비를 놀리지 않기 위해 의학적으로 불필요한 환자들에게 이 장비를 이용한 검사를 받게 할 수도 있다. 수술이 필요 없는 환자나 꼭 수술을 받아야 할지 모호한 경계선상에 있는 사람들도 수술을 받게 할지 모를 일이다. 의학지식이 많지 않은 환자로서는 그런 수술이나 검사를 거부하기 어렵다. 자본의 논리에 지배당하는 병원에서 환자들이 최상의 치료를 받을 수 있다는 것은 판타지에 불과한 것이다.

실제로 영리병원이 운영되는 미국의 사례를 보자. 2005년 말에 열린 '아시아보건포럼' 강연에서 데이비드 힘멜스타인 하버드의대 교수는 "미국 영리병원의 의료비는 비영리병원보다 무려 19퍼센트나 높지만, 사망률은 오히려 2퍼센트 더 높다"고 비판했다. 영리병원에서 환자들이 부담하는 비용은 더 많고, 치료 효과는 오히려 더 떨어진 것이다.

병원의 기업화 또는 영리화의 피해는 환자에게만 미치는 것이 아니다. 의사들은 의과대학에서 배운 대로 제대로 환자를 진료할 시간조차 갖지 못할 수 있다. 앞서 병상회전율을 높이라는 경영진 요구에 탄식을 쏟아냈던 의사의 경우처럼, 많은 의사들이 소신대로 진료를 할 수 없다는 사실에 괴로워할 것이다. 의사가 환자를 살린다는 사명감에 가치를 두고 일할 때와 병원이라는 회사의 돈을 벌어다주는 톱니바퀴의 일부로 존재할 때 환자를 대하는 태도가 달라지는 것은 당연하다. 그 피해는 또다시 고스란히 환자의 몫이 될 것이다.

'영리병원' 설립 문제를 나와 상관없는 일이라 여기고 바다 건너 불 구경하듯 해선 안 되는 이유가 여기에 있다.

건강 정보 홍수 시대
너무 많이 알면 병이 된다?

세상사에는 '알아야 면장'이라도 해먹을 수 있는 경우가 많지만, '아는 것이 병, 모르는 게 약'일 때도 적지 않다.

의료 및 건강 정보의 경우에도 '아는 것이 병'일 때가 의외로 많다.

2008년 가을, 보건복지가족부 및 산하기관 국정감사에서 한 의원이 건강보험심사평가원의 자료를 근거로 질병이 없는데도 있는 것처럼 걱정하는 '건강염려증' 환자들이 크게 늘고 있다고 지적했다. 건강염려증의 원인은 아직 제대로 밝혀지지 않았지만 일반적으로 우울증, 불안장애와 같은 정신 병력, 어린 시절에 중병을 앓은 기억이나 중병이 있는 환자와 가깝게 지낸 경험, 과도한 스트레스 등이 꼽힌다.

심사평가원의 자료를 보면 건강염려증으로 진료를 받은 환자는 2005년에 1만 1950명에서 2007년에는 1만 5563명으로 늘었고, 2008년 6

월 기준으로 봤을 때는 9464명으로 해마다 크게 증가하고 있다. 나이 대별로 분석한 결과를 보면 30대부터 건강염려증 환자가 크게 늘어나기 시작해서 50대가 21.8퍼센트로 가장 높은 비율을 차지했으며, 이어 40대가 21.6퍼센트, 60대가 20.3퍼센트로 나타났다.

이에 대해 한 의원은 "건강염려증이 새롭게 확산되고 있는 질병임을 감안하면, 실제 환자 수는 질병 통계상에 나타나는 것보다 훨씬 많을 것"이라고 지적했다. 그는 또 "인터넷 등의 발달로 질병 정보에 대한 접근이 용이해지면서, 검증되지 않은 정보의 확산에 따른 폐해가 늘었다"고 덧붙였다.

공신력 있는 기관에서 올바른 질환 및 건강 정보를 선별해서 국민들에게 알려줄 수 있는 시스템 마련이 시급하다는 것이다. 아울러 그는 국민들 스스로 건강 정보에 대한 이해 능력 또는 활용 능력을 키워야 한다고 권고했다.

다른 관련 연구 결과에서도 우리나라 사람들의 건강에 대한 염려가 심각한 수준인 것으로 나타났다. 2007년 중순에 〈인터넷 한겨레〉에 한국노동연구원의 장지연 박사팀이 2006년 고령화연구패널(6171가구, 1만 254명)을 대상으로 연구한 결과가 소개됐다. 내용을 보면 50세 이상 조사 대상자 가운데 35.7퍼센트가 스스로 건강 상태가 나쁘다고 판단하고 있었다. 이는 스위스의 3.2퍼센트보다 10배 이상 높고, 네덜란드 5.79퍼센트, 그리스 7.65퍼센트, 영국 7.47퍼센트, 스페인의 16.8퍼센트보다 2∼7배 높은 수치다.

하지만 우리나라에서 같은 나이대의 암, 고혈압, 당뇨, 심장질환 등 여러 질병을 앓고 있는 환자의 비율은 이들 나라들과 거의 같거나 더 낮았다. 일례로 국내의 암 환자 비율은 2.7퍼센트인 데 반해 독일은 6.1 퍼센트, 스웨덴 7.4퍼센트, 이탈리아 4.6퍼센트이다. 심장질환은 우리 나라가 5.7퍼센트, 독일 11.3퍼센트, 스웨덴 16.2퍼센트, 이탈리아 10.1퍼센트 등 다른 나라들의 경우가 더 높았다. 고혈압이나 당뇨는 이 들 나라와 비슷한 수준이었다.

이 내용으로 보면 우리나라 사람들의 건강 상태는 비교적 양호한 편 이다. 그런데 더 많이 걱정하는 이유는 무엇일까? 자못 궁금하지 않을 수 없다. 이에 대해 장지연 박사팀은 "우선 경제적인 이유로 중병에 걸 렸을 때 본인이 내야 하는 높은 의료비 부담이 크게 작용했을 것"이라 고 지적했다. 그리고 평소 규칙적인 운동 실천 비율이 낮고 건강한 생 활습관을 갖지 못한 탓에 큰 질병에 걸릴 수 있다는 불안감이 큰 것이 라고 추정했다.

독자들 중에는 건강에 대한 불안이나 건강염려증을 별것 아닌 증상 으로 생각하는 사람도 있을 것이다. 하지만 이런 증상이 있는 환자를 한 번이라도 본 의사나 가족은 건강염려증만큼 주변 사람들을 힘들게 하는 질환도 찾기 힘들다고 토로한다. 물론 없는 질병을 있다고 믿고 있는 환자 자신이 가장 힘들다는 것은 두말할 필요도 없다. 실제 건강

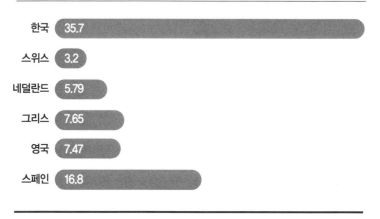

나라　　스스로 건강이 나쁘다고 판단하는 국민들의 비율(%)

나라	비율(%)
한국	35.7
스위스	3.2
네덜란드	5.79
그리스	7.65
영국	7.47
스페인	16.8

＊자료 : 한국노동연구원 2006

염려증이 있는 사람은 아무리 작은 증상이라도 중병에서 비롯됐다고
여기기 때문에 병원을 자주 찾는다. 아무 질병이 없다고 설명하는 의사
도 믿지 않는다. 심지어 질병이 없으니 치료받을 필요가 없다고 말하는
가족들조차도 자신을 속이는 게 아닌가 의심한다. 소수이긴 하지만 병
원비를 감당하느라 애를 먹는 것은 물론 정상적인 직장생활도 하기 힘
들어 실직하는 사람들도 있다. 이 정도라면 사실 치료가 필요하다. 하
지만 본인 스스로 이상을 느끼지 못하기 때문에 치료가 쉽지 않다.

　건강염려증까지는 아니겠지만 요즘에는 정말 아는 것이 너무 많아서

말 그대로 '아는 게 병'이 되는 사람들도 늘어나고 있다. 산업이 발달할수록 사회 구성원들이 더욱 편안하고 건강하게 사는 방향으로 나아가야 할 텐데, 우리 사회의 실상은 그렇지 못하다. 오히려 온갖 질병의 종류만 갈수록 늘어나고 있다. 의료기기의 발달로 사람의 몸을 헤집지 않고서도 속을 들여다볼 수 있게 되면서 알고 보면 아무런 질병도 아닌 개개인의 다름과 차이가 병으로 둔갑하고 있다는 지적도 제기된다.

문제는 새로운 의료기기와 약이 개발되고 출시될수록 새로운 질병도 늘어난다는 것이다. 꼭 필요한 곳에 적절하게 사용돼야 할 최첨단 의료기기와 약들이 제약회사와 병원의 이해관계에 따라 반드시 필요하지도 않은 곳까지 광범위하게 쓰이면서 온갖 증상의 질병화가 심화되는 것이다.

자동화와 같은 문명의 이기 덕분에 인류는 생활의 편리를 누리게 된 한편, 발달한 문명의 틀에 갇혀 살아가는 아이러니에 빠졌다. 마찬가지로 의료기기와 의약품의 발달로 질병을 쉽게 치료하는 동시에 질병의 덫에 갇혀 지내게 된 셈이다.

그런데 거의 대부분의 언론은 구태여 의학 발달의 부분정인 측면까지 다루지 않는다. 주로 새 상품이 나온 것에 관심을 두고, 새 상품을 잘 소개하는 것에 주목하고, 그에 따른 폐해에는 일부러 눈을 감아버리고 싶어한다. 건강 정보를 다룬 의학 기사에 관한 한 독자는 일방적인 약자일 수밖에 없다. 그냥 새로운 셔츠나 구두라면 언론에서 다뤄진 내용만을 믿고 구입해도 돈 낭비 정도에서 그친다. 하지만 자신의 몸을 맡겨야 하는 의료 분야의 경우는 다르다. 자칫 건강을 해칠 수도 있고, 심각한 경우에 생사가 걸리는 문제이다.

때문에 언론사들은 새로운 의료기기나 신약을 다룰 때에 더욱 신중해야 한다. 특히 그 효과와 부작용에 대해 좀 더 철저히 알려줄 필요가 있다.

이와 함께 의료 현장에서 환자들이 질병에 대해 과도한 불안감을 갖지 않도록 하는 장치들도 필요하다. 대부분의 환자들이 평소 병·의원의 이용 방법이나 의학 전문 용어 등을 이해하지 못하는데다 진료 시간도 매우 짧아 자신의 병에 대해 제대로 파악할 수가 없다. 모르기 때문에 과도한 불안감을 갖게 된다.

요즘 환자들 중에는 불안감을 해소하기 위해 인터넷이나 언론 등에서 여러 정보를 찾아보는 경우도 많다. 문제는 대부분의 정보가 과도하게 불안을 조장하는 쪽으로 작성돼 있어서 오히려 불안감이 더 심해질 수 있다는 것이다. 이제 환자들은 누구를 의지할 것인가?

환자 개개인의 몸 상태를 잘 알고, 이를 바탕으로 몸의 여러 증상에 대해 친절하고 알아듣기 쉽게 설명해주는 의사(주치의)가 필요하다. 아픈 사람들이 충분한 설명을 들으면서 제대로 된 진료를 받기 위해서는 주치의제도를 포함한 의료 체계 개선이 정부 차원에서 시급히 진행돼야 하는 이유가 여기에 있다.

자동화의 빛과 그림자

문명의 발달은 사람들의 질병 양상도 변화시킨다. 과거에 비해 빠른 속도로 늘고 있는 비만이 대표적인 예다. 걷거나 달리는 일이 줄어든 현대인의 생활 패턴이 비만의 주요한 원인 가운데 하나로 꼽히고 있다. 자동차 수의 증가와 텔레비전 리모콘 사용 증가도 비만과 관련이 깊다. 실제로 영국에서는 텔레비전 리모콘 사용이 늘어나면서 비만자 수가 증가했다는 연구 결과도 나왔다.

손 씻기와 같은 위생습관이 자리 잡고, 냉장고가 널리 보급되면서 점차 사라질 것으로 여겨졌던 식중독을 비롯한 세균 관련 질환은 항공기의 발달로 다시 회생의 길로 접어들고 있다. 항공기 운행으로 세계 곳곳에 감춰져 있던 세균성 질환이 빠르게 이동할 수 있게 된 것이다. 아프리카 오지에만 살던 세균이 우리나라의 서울에까지 옮겨올 수 있는 기반이 마련된 셈이다.

컴퓨터를 쓰게 되면서 일 처리가 빨라졌다. 하지만 이 때문에 게임 중독에 빠지는 사람도 있고, 손목터널증후군이나 긴장성 두통과 같은 질병에 걸리는 사람도 늘고 있다. 앉아 있는 시간이 너무 길어지면서 허리나 항문에 문제가 생기는 사람들이 늘고 있으며, 그 결과 비만이 된 사람도 적지 않다. 이처럼 자동화로 인간의 생활이 편리해졌지만 그만큼 질병의 양상이 다양해지고, 새로운 질병도 출현했다. 그야말로 '자동화'의 빛과 그림자다.

3장 · 건강 상식 뒤집어보기

Health Literacy

병을 키우는 음식 vs 병을 고치는 음식

커피와 술은 건강에 나쁠까?

서양의학의 시조라 불리는 사람이 있다. 의사들은 의사 면허를 받는 순간 그가 남긴 말을 잘 따르겠다고 선서를 한다. 바로 히포크라테스다. 그는 "음식으로 고칠 수 없는 질병은 의사도 고칠 수 없다"라고 말했다.

한의학에서도 '섭생'의 중요성을 강조한다. 먹고 마시는 것이 질병 치료에 매우 중대한 영향을 끼친다고 여기는 것은 동양이나 서양이나 모두 마찬가지인 것 같다. 우리나라 사람들은 예나 지금이나 음식과 건강이 매우 밀접한 관련이 있다고 생각한다. 몸의 어디에 좋다는 음식은 백화점이나 마트 등에서 불티나게 팔린다. 텔레비전을 비롯한 여러 매체들은 몸에 좋다는 음식을 끊임없이 소개한다. 그런데 정말 몸에 좋기만 하거나 나쁘기만 한 음식이 따로 있는 걸까?

지구상의 가장 많은 사람들이 즐기는 기호식품인 커피를 예로 들어 보자. 많은 사람들이 향과 맛이 좋은 커피야말로 기호식품으로는 제격이라 말한다. 하지만 커피는 흔히 건강에 부정적인 영향을 미치는 것으로 알려져 있다. 카페인이 많이 들어 있기 때문인데, 커피는 주의해야 할 카페인 함유 식품 목록에 빠지지 않고 등장한다. 불면증이나 위식도 역류질환이 있으면 커피를 먹지 말라는 이야기를 듣기 쉽다. 대부분의 의사들은 그 밖에도 셀 수 없이 많은 질병을 거론하며 커피를 마시지 말라고 당부한다. 관련 연구 결과에 따르면 실제로 커피가 여러 질환을 악화시키는 역할을 한다.

하지만 해로울 것만 같은 커피가 암을 예방하는 효과가 있다는 놀라운 연구 결과도 있다. 커피 애호가들에게는 매우 반가운 소식이 아닐 수 없다. 한 예로 일본에서 평소 커피를 마시는 여성이 그렇지 않은 여성보다 대장암에 덜 걸린다는 연구 결과가 나왔다.

내용을 좀 더 살펴보면 다음과 같다. 일본 국립암센터 연구팀이 40~69세 중년 남녀 9만 6000여 명을 12년 동안 추적 조사했다. 대장암에 영향을 미칠 수 있는 식사습관, 운동 등 다른 조건은 모두 같게 해놓고 커피와 대장암의 상관관계만 분석했다.

그 결과 하루에 커피를 세 잔 이상 마시는 여성은 전혀 마시지 않는 여성에 비해 대장암에 걸릴 위험이 50퍼센트 이상 낮은 것으로 나타났다. 남성의 경우 커피와 대장암의 상관관계가 여성의 경우처럼 통계 수

치상으로 뚜렷한 차이를 보이지는 않았다. 커피가 어떤 기전을 통해 대장암을 예방하는지는 제대로 밝혀지지 않았지만, 커피를 많이 마실수록 대장암 발병률이 그만큼 낮아진다는 연구 결과는 많은 사람들을 놀라게 했다.

대장암뿐만이 아니다. 이탈리아의 한 연구소가 커피와 간암 사이의 관련성을 다룬 세계적인 논문 11개를 분석한 결과, 커피를 마시는 사람은 마시지 않는 사람에 비해 간암에 걸릴 위험이 41퍼센트 정도 낮았다. 이 연구 결과는 간과 관련한 세계적인 의학 학술지에 실렸다. 연구팀은 커피 속에 든 황산화성분이 간암이나 대장암 발생을 막았을 것으로 추정했다.

커피가 간암이나 대장암 예방에만 효과가 있는 것은 아니다. 보통 끓인 커피 한 잔에는 건강 활성 물질인 카페인이 100밀리그램 정도 들어 있다. 때문에 커피를 마시면 카페인의 작용으로 피로를 회복하고 잠을 쫓을 수 있다. 커피도 잘 마시면 오히려 좋은 효과를 볼 수 있다는 이야기다.

물론 커피의 부작용은 잘 알려진 대로다. 많은 양을 마시게 되면 대장암을 예방할지는 모르지만, 우리 몸이 커피 안에 든 카페인에 취해 불안이나 초조함을 느끼게 되거나 심장 박동이 빨라지면서 가슴이 벌렁거리는 느낌을 받게 된다. 오후 늦게 마시면 밤잠을 설칠 수도 있다.

이런 이유로 대부분의 나라에서는 1일 카페인 권장 섭취량을 정해놓고 있다. 적당량을 마시면 약이 되지만, 그 이상은 오히려 독이 되기 때문이다. 우리나라 식품의약품안전청도 커피의 하루 섭취 기준량을 성인은 400밀리그램, 임산부는 300밀리그램로 정하고, 19세 이하의 어린이와 청소년은 몸무게 1킬로그램당 카페인 2.5밀리그램 이상을 먹지 않도록 권고한다. 몸무게가 50킬로그램인 청소년은 하루 125밀리그램 넘게 섭취하면 곤란하다는 뜻이다.

또 다른 기호식품인 술도 마찬가지다. 많은 사람들이 좋아하고, 여러 의사들도 즐기는 만큼 술과 건강의 관련성에 대한 연구도 끊임없이 이어지고 있다. 현재까지의 연구 결과로는 술을 아예 마시지 않는 것보다는 하루에 2~3잔 마시는 것이 심장 및 혈관질환 예방에 도움이 된다. 예전 어른들이 반주로 소주 3분의 1병 정도 마시면 술도 '약'이 된다고 여겼는데 실제 연구 결과에서도 '약'이라는 것이 증명된 셈이다. 물론 그 이상 마시면 오히려 심장 및 혈관질환 발생 가능성이 높아진다. 정말 '적당히'가 중요한 것이다.

한 가지 의문이 들 수도 있겠다. 고혈압, 심장질환 등에 적은 양의 술은 도움이 된다는데, 왜 의사들은 술을 아예 마시지 말라고 하는 것일까? 이유는 술을 2~3잔 마시고 끝내기가 웬만해서는 어렵기 때문이다. 그 양을 넘기면 심장 및 혈관질환이 나타날 가능성이 마시지 않았을 때보다 더 커지고, 간질환이나 위장질환의 위험성까지 나타난다. 그러므로 술로 심장 및 혈관질환 예방 효과를 보려면 반드시 '적당히' 마셔야 한다.

'적당히' 먹어야 할 식품이 단지 커피와 술뿐이겠는가. 탄수화물류도 부족하면 뇌가 제대로 활동하지 못하고, 많이 먹으면 비만이 된다. 지방도 반드시 필요한 영양소이지만, 역시 많이 먹으면 각종 심장 및 혈관질환의 위험성을 높인다. 과일류도 마찬가지다. 비타민, 무기질, 탄수화물 등 각종 영양소가 많이 들어 있지만, 과일의 열량도 무시할 수준은 아니어서 무턱대고 먹다가는 비만해지기 딱 좋다.

결국 건강하기 위해서는 모든 음식을 골고루 적당히 먹어야 한다. 아주 예전부터 누구나 알고 있는 이야기다. 문제는 실천이다.

그런데 아무리 음식을 골고루 적당히 먹으면서 건강 관리에 힘써도 주거 환경이 오염되고 바이러스가 크게 유행하는 등 나라 또는 지구 전체의 건강이 보장되지 않는 한 개인의 노력은 허사가 될 수 있다. 나의 건강과 함께 나라, 나아가 지구의 건강을 챙겨야 하는 이유가 여기에 있다.

중금속에 대한 오해

멜라민 첨가 식품은 얼마나 유해할까?

2008년 9월 말, 우리나라에서도 중국산 분유로 만든 과자, 커피믹스 등에서 멜라민이 검출되자 언론사들이 일제히 이를 주요 기사로 보도했다. 당시 조사 결과에 따르면 아이들이 좋아하는 과자와 성인들이 즐겨 먹는 커피믹스에 적은 양이지만 멜라민이 들어 있었다. 드물기는 하지만 멜라민이 신장결석과 같은 질병을 일으켜 사망에 이르게 할 수 있다는 소식이 전해지자 온 국민이 경악했다.

이를 계기로 아이들에게 해당 제품은 물론 시중에서 판매하는 다른 과자도 먹이지 않게 됐고, 어른들 역시 커피믹스를 찾지 않게 됐다.

하지만 보도가 나가고 한 달 정도가 지나자 여기저기서 멜라민 사태는 언론이 너무 호들갑을 떤 탓에 벌어졌다는 분석과 지적이 나오기 시작했다. 멜라민이 든 중국산 분유를 섞어 만든 과자를 주식으로 먹는 극단적인 경우를 제외하면, 최고로 많이 먹는 상위 5퍼센트 수준에서도 건강 이상을 일으키지 않는다는 연구 결과도 나왔다.

또 각종 언론 매체들이 관련 전문가들의 차분한 분석을 전하지 않고 멜라민에 대해 잘 모르는 다른 분야 전문가들의 의견을 담아내다 보니 오히려 문제가 더 커졌다는 지적도 제기됐다. 멜라민 사태로 식품의약품안전청이 멜라민 검출 검사를 하고, 언론사들은 이에 대해 보도했지만 식품의 원산지 표시를 강화하는 데에 그쳤을 뿐, 지금까지 안전한 식품 생산과 유통을 위한 어떤 구체적인 대책도 마련되지 않았다는 비판도 일고 있다.

중국산 분유를 직접 수입하지는 않았고, 실제로 통관된 제품도 없다는 정부 당국의 말을 믿고 멜라민이 과연 얼마나 위험한지 검토해보기로 하자. 한국식품안전연구원 주최로 2008년 11월에 열린 '멜라민 및 식품 안전 관리 방향' 워크숍에서 오창환 세명대 한방식품영양학과 교수가 발표한 실험 결과에 따르면, 멜라민의 위험성은 극히 미약하다. 오 교수는 실험을 시작하기에 앞서 1세 이전의 영아를 4개 집단(0~15일, 1~3개월, 3~6개월, 6~12개월)으로 구분했다. 그리고 이들이 먹는 분유에 평균적인 식단에서는 쉽사리 넘기기 힘든 농도인 1피피엠과 2.5피피엠의 멜라민이 들어 있다는 가정 아래 미국 식품의약품의 멜라민 하루 섭취 허용량(0.63밀리그램/킬로그램/일)을 기준으로 위험지수를 구했다. 그 결과 최대 0.1정도가 나왔다. 위험지수는 적어도 1 이상일 때 건강 이상을 부른다고 평가한다.

또 이번 실험에서는 중국산 분유가 직접 수입되지 않는 상황에서 이를 원료로 만든 과자에서 미량의 멜라민이 검출된 점을 감안해 1～12세 아이들의 평균적인 식단을 기준으로 이에 대한 위험성도 측정했다. 실험 결과 가장 높은 위험지수가 0.53으로 1～12세 아이들의 멜라민 섭취량 역시 안전한 수준인 것으로 나왔다. 연구 결과 보고서에는 1세 이상에서는 멜라민이 들어 있는 식품을 매우 많이 먹는 상위 5퍼센트의 아이들이라도 건강에 큰 문제가 없는 것으로 나왔다고 언급돼 있다. 다만 멜라민이 든 과자만 주식으로 먹은 아이는 예외일 수 있다는 설명이 함께 들어 있다.

이러한 결과를 놓고 보면 한마디로 언론이 너무 과도한 걱정거리를 만들었다고 할 수 있다. 이런 평가는 다른 심포지엄에서도 거론됐다. 서강대 과학문화아카데미가 2008년 11월에 주최한 '제6회 과학커뮤니케이션 심포지엄-건강한 삶과 과학커뮤니케이션'에서도 당시 언론 보도는 전문성이 떨어질 뿐만 아니라 위험성만 과도하게 부각했다는 비판이 제기됐다. 이덕환 서강대 화학과 및 과학커뮤니케이션협동과정 교수는 언론이 멜라민의 독성을 지나치게 과장해서 보도했다고 지적했다. 그 결과 멜라민이 든 커피용 크림이 사람에게 나쁜 영향을 주려면 한 사람이 하루에 무려 3700잔이나 먹어야 한다는 보도가 나오기 전까지 많은 독자와 시청자들이 멜라민 보도 때문에 공포에 떨어야 했다고 말했다. 또 어떤 방송에서는 멜라민과 결합하면 신장결석의 가능성을 크게 높이는 '사이안요산'의 이름조차 제대로 발음하지 못하는 전문가를 인터뷰하는 해프닝까지 벌어졌다고 지적했다.

이날 심포지엄에서는 정부가 중국산 수입 식품 전체를 검사할 필요가 없었다는 비판도 나왔다. 더불어 해당 식품회사가 처리해야 할 일을 정부가 나서서, 20여 일 동안 2000명에 가까운 인력을 동원하는 등 정부 예산을 낭비했다는 지적도 제기됐다.

심포지엄의 결론은 식품의 안전성 문제에 대해서 분노에 찬 감정을 내세우기보다는 이성과 과학의 눈으로 문제의 실상을 제대로 보자는 것이었다. 화학물질이 나왔다고 하면 무조건 나쁜 것이라고 생각하는 시각도 고쳐야 하며, 더 나아가 '몸에 무조건 좋다'는 음식도 없고, '몸에 무조건 나쁘다'는 음식도 없다는 사실을 인식해야 한다는 이야기다.

일반적으로 몸에 좋지 않다는 중금속은 절대로 식품에 포함되서는 안 된다고 생각하기 쉽다. 하지만 그러기란 거의 불가능에 가까우며, 또 그래서도 안 된다. 우리가 주식으로 삼는 쌀에서도 수은이나 납, 크롬 등 중금속이 검출된다. 참치와 같은 바다 물고기에도, 돼지나 소 등 육식 동물에서 얻은 고기에도 중금속은 존재한다. 그렇다고 해서 이 모든 식품을 먹지 않을 것인가.

흔히 망간, 아연, 니켈, 크롬 등 몸 안에 있으면 안 될 것으로 여기는 중금속도 우리 몸에는 극히 미량이나마 존재하며 몸이 제대로 기능하는 데 도움을 준다. 문제는 일정 기준 이상 검출됐을 때다. 이번 멜라민 사태 이전에도 우리는 멜라민을 먹어왔다. 멜라민이 사용된 용기에 담긴 레몬이나 오렌지주스 등을 먹으면 멜라민을 자연스럽게 섭취하게 되는데, 시판되는 음료수 가운데 멜라민이 첨가된 용기를 사용하는 예가 매우 많다. 그런데도 지금까지 문제가 되지 않았던 것은 일정 기준 이하로 검출됐기 때문이다.

화학물질에 대한 보도는 참 많다. 눈여겨봐야 할 것은 일정 기준에 대한 내용이다. 모든 화학물질에는 동물실험, 또는 극히 드물지만 사람을 대상으로 한 임상시험을 통해 확인된 치사량 또는 위험기준이라는 것이 있다. 하지만 사람마다 음식을 먹는 행태가 다르므로 위험기준 이하라고 해서 100퍼센트 식품 안전성이 보장되는 것은 아니다. 그렇기 때문에 이보다 훨씬 낮은 농도로 허용기준을 만든다.

멜라민의 경우 치사량의 100분의 1에 해당하는 수준이 허용기준이다. 즉 허용기준의 100배를 먹어야 신장결석 등 멜라민의 독성이 나타날 수 있다. 학자들은 미국이나 캐나다, 또는 기준이 까다롭기로 유명한 유럽연합의 기준을 쓴다고 해도 이번에 문제가 된 과자나 커피믹스의 멜라민 함유량은 우리 몸에 이상을 일으키기 쉽지 않은 수준이라고 밝힌다. 심지어 어떤 학자는 쥐와 같은 동물실험에서 확인된 멜라민의 치사량은 몸무게 1킬로그램당 3그램으로 식용 소금과 비슷한 정도라고 말한다.

물론 식품 첨가물이 아닌 멜라민을 일부러 식품에 넣어서는 곤란하다. 하지만 1930년대부터 멜라민은 접시 등 각종 음식을 담는 용기의 재료로 쓰여왔다. 현재 상황에서 멜라민 섭취를 완전히 차단하기란 불가능한 것이다. 중요한 것은 과학적인 실험을 통해 만들어진 기준을 식품회사들이 얼마나 잘 준수하느냐는 것이고, 소비자들이 이를 얼마나 신뢰할 수 있느냐다.

이쯤에서 한 가지 짚고 넘어가야 할 것이 있다. 몸에 나쁜 음식과 마찬가지로 몸에 좋은 음식에도 기준이 있어야 하는 것 아닐까? 물론 이 문제에 대해 고민하기에 앞서 잊지 말아야 할 것은 우리 몸에 완벽하게 나쁜 음식도 좋은 음식도 존재하지 않는다는 사실이다. 몸에 나쁘다는 중금속도 우리 몸에서 없어서는 안 되는 중요한 역할을 하며, 또 아예 검출되지 않기란 불가능하다. 반대로 몸에 좋다는 음식도 많이 먹으면 문제를 일으킨다. 간단한 예로 우리 몸의 필수 영양소인 탄수화물, 지방, 단백질도 많이 먹으면 지방간을 비롯해 비만, 동맥경화 등을 일으켜 건강에 심각한 문제를 유발하지 않는가. 흔히 만병통치약처럼 여기는 비타민도 많이 먹으면 신장결석, 부정맥을 일으킬 수 있고 임신부의 기형아 출산 가능성을 높일 수 있다.

그러므로 앞으로 식품 사고와 관련한 신문이나 방송 뉴스를 볼 때 유심히 봐야 할 부분은 '몸에 나쁜 중금속이 나왔는가'가 아니라 '중금속이든 독성물질이든 기준치에 얼마나 가까운 양이 검출됐는가'이다.

또 한 가지 중요한 점은 식품이 안전하게 만들어지고 유통되도록 하는 시스템 구축에 관심을 가져야 한다는 것이다. 그렇지 않으면 언론은 끊임없이 식품 사고를 과장 보도하고, 국민들은 끊임없이 불안에 떨어야 하는 악순환의 고리를 끊을 수 없다.

필자가 2002년 기자 생활을 시작한 뒤에도 참 많은 식품 문제 및 사고가 있었다. 2004년 6월에는 쓰다 남은 단무지를 넣어 만든 만두 사건, 2005년 9월에는 기생충 알이 든 김치 사건이 발생했다. 2008년에 광우병 사태가 벌어졌고, 오랫동안 대중의 사랑을 받아온 과자에서 쥐머리가 나오는가 하면 참치 캔에서 칼날이 발견되기도 했다. 이런 사고에 대해서 모든 언론이 연일 머리기사로 내보내며 보도를 했다. 불량만두도 아닌 '쓰레기 만두'를 만들었다고 의심받은 한 만두회사 사장이 스스로 목숨을 끊었다는 보도도 있었고, 중국산 김치에서 기생충 알이 검출됐다는 소식이 전해졌으며, 중국산 김치의 수입량이 더 늘었다는 보도도 있었다.

식품 안전에 대한 시스템을 바꾸지 않으면 이런 일은 계속 반복될 것이다. 앞서 살핀 것처럼 이번 멜라민 사태 뒤 식품 안전 평가에서 식품의 원산지 표시 강화만 됐을 뿐, 식품 안전에 대한 어떤 확실한 대책도 나오지 않았다.

식품 안전은 우리나라만의 문제가 아니다. 중국산 식품이나 미국산 농산물을 계속 수입해야 하는 상황에서 이들 나라의 식품 안전이 확보되지 않으면 우리도 안전할 수 없다. 따라서 수입 식품 관리도 철저히 해야 한다.

무엇보다 어떤 돈이나 권력도 식품의 안전성을 해치지 못하도록 해야 한다. 멜라민 사태와 같은 식품 관련 문제가 발생했을 때 언론사들은 해당 물질의 독성을 과장 보도하기보다는 그와 같은 물질이 식품에 포함되지 않도록 어떤 대책이 만들어지고 있는지에 더 관심을 갖고 이를 널리 알려야 한다. 언론의 보도 내용을 대하는 사람들도 해당 대책이 실천 가능한 것인지, 문제가 있는 것은 아닌지 관심을 가질 필요가 있다.

GMO와 사전 예방 원칙

GMO는 유전자 변형 혹은 조작 식품이다. 이미 GMO 콩이나 옥수수 등이 전분과 같은 음식 재료에 포함돼 있기 때문에 우리 식탁에서도 이를 완전히 피하기는 쉽지 않다. 이 같은 상황은 앞으로 더욱 심화될 전망이다.

현재 곳곳에서 GMO의 안전성을 두고 논란이 확산되고 있다. 하지만 확실한 근거가 있어도 식품회사의 영향력 등 여러 가지 요인들이 복잡하게 얽혀 있어 쉽게 결론을 맺지 못한 채 논란만 더욱 과열될 뿐이다. 그렇다고 GMO가 인체에 유해하다는 확실한 근거가 있는 것은 아니다. 점차 그 유해성을 밝히는 연구 결과가 속속 나오고 있는 상황이다. 동물실험에서는 알레르기나 사산 등을 일으킬 가능성이 높다는 연구 결과가 나왔다. 환경적으로 문제가 있다는 연구 결과도 눈에 띈다. 그 가운데 GMO 재배 뒤 재배 지역을 포함해 반경 2킬로미터 이내 지역에서 생물종의 50퍼센트가 사라졌다는 보고도 있다.

무서운 이야기다. 인체에 대한 피해 부분은 증명되지 않았다지만, 동물들의 피해는 물론이고 환경 피해도 막대하다니 말이다.

정부 당국은 '사전 예방의 원칙'을 GMO를 만드는 회사들에게 요구하고 있다. 사전 예방의 원칙은 새로운 제품을 만들었을 때 인체에 미치는 건강상의 피해나 환경오염 등이 없다는 것을 제조사가 증명해야만 해당 제품을 팔 수 있도록 하는 것이다. 현재 많은 제품군에 이런 사전 예방의 원칙이 적용되고 있다.

혈액형을 둘러싼 잘못된 상식

성격과 건강, 모든 게 '나쁜 피' 탓이다?

'에이(A)형은 소심하다', '오(O)형은 다혈질이다' 등 혈액형에 따라 성격이 결정된다고 믿는 사람들이 많다. 인터넷을 비롯한 각종 매체에 혈액형으로 보는 성격에 관한 콘텐츠들이 넘쳐난다. 심지어 혈액형으로 보는 궁합도 쉽게 찾아볼 수 있다. 대개는 재미 삼아 혈액형과 성격의 상관관계를 보지만 종종 이를 철석같이 믿고 있는 사람들도 있다.

하지만 혈액 관련 전문가들은 혈액형과 성격의 관련성을 인정하지 않는다. 혈액 전문 연구자들의 모임인 대한혈액학회는 혈액형에 대해 잘못 알려진 대표적인 지식으로 혈액형과 성격의 관련성을 꼽았다.

2008년 5월에 혈액학회가 창립 50주년을 기념해 발표한, 혈액형에 대해 잘못 알려진 내용을 담은 자료를 살펴보자. 이에 따르면 혈액형은 흔히 알고 있는 에이비오(ABO)식뿐만 아니라 수백 가지로 분류가 가능하다. ABO식 혈액형은 단순하게 항원-항체 반응으로 혈액형을 구분하는 것이다. ABO식 혈액형과 성격이 관련이 있다는 말은 전혀 의학적 근거가 없는 속설이라는 것이다. 현재 이를 믿고 있는 나라는 세계에서 우리나라와 일본 정도다.

혈액학회의 한 임원은 "혈액형은 유전자로 결정되지만 그 유전자가 사람의 성격까지 결정하는 것은 아니다"라며 "성격은 가족 등 환경적 요인, 교육 등의 영향으로 형성되는 것"이라고 말했다. 그는 또 "심리학적 관점에서 성격을 어느 정도 유형화할 수는 있겠지만, 사람마다 그 형태가 제각각"이라며 "모든 사람들의 성격을 4가지 형태로 분류할 수 있겠느냐"고 반문했다.

혈액형과 관련된 다른 연구에서도 혈액형과 성격의 관련성에 대해서는 부정적으로 나타났다. 국내 대학생들과 부부들을 대상으로 실시한 여러 설문조사에서도 혈액형과 성격은 관련이 없고, 이른바 혈액형과 부부 사이의 속궁합도 관련이 없는 것으로 나왔다.

그러나 이런 지적에도 불구하고 여전히 혈액형에 따라 성격이 결정된다고 믿는 사람들이 많다. 일부는 과학자나 의사들이 혈액형과 성격을 조절하는 유전자들 사이에 미세한 선으로 연결되어 있다는 사실을 모른다고 주장한다. 그러면서 의사나 과학자가 혈액형과 성격이 무관하다고 말하는 이유는 그들이 사회적 평등과 윤리적인 문제를 염두에 두고 있기 때문이라 설명한다. 만약 혈액형과 성격의 상관관계가 과학적으로 증명된다면, 성격이 좋지 않다고 알려진 혈액형을 가진 사람들이 취직이나 결혼 등 여러 가지 사회 활동에서 불이익을 받을 수 있기 때문에 의사나 과학자들이 이를 쉽게 인정할 수 없다는 것이다. 이러한 주장을 펼치는 사람들은 그 타당성 여부를 떠나서 '세상과 인간의 모든 일은 태어나서부터 결정돼 있다'는 결정론적 관점으로 세상을 바라보는 것은 아닌지 돌아봐야 할 것 같다.

이런 생각이 조금 더 확대되면, 한 번 죄를 짓거나 사고를 치면 혈액형 때문에 그는 앞으로도 계속 그럴 것이라는 믿음이 자리 잡게 된다. 교화의 가능성이나, 교육으로 사람이 달라지거나, 환경에 따라 사람이 변화할 수 있다는 것도 틀린 이야기가 되고 만다. 하지만 실제 우리 주변에서는 좋은 방향이든 나쁜 방향이든 어떤 일을 계기로 성격이 변하고, 삶의 자세가 바뀌는 사람들을 얼마든지 찾아볼 수 있다.

인류의 역사에서 한 가지 변하지 않은 진실이 있다면 '세상은 끊임없이 변한다'는 것이다. 심지어 과학적인 사실조차도 달라지는 것을 우리는 이미 잘 알고 있지 않은가. 태양이 지구 주위를 돌고 있다고 생각했던 시절이 있었고, 당시에는 과학자들도 모두 그렇다고 믿었다. 하지만 지금은 아니다.

다른 사례를 들자면, 처음으로 손 씻기의 중요성을 강조한 논문을 쓴 제멜바이스는 당시 의학자들의 비웃음을 샀다. 그러나 지금은 상황이 정반대로 뒤집어지지 않았는가. 사람도 마찬가지다. 끊임없이 변화할 수 있고 성격도 변한다.

성격 이외에도 혈액형과 관련한 속설은 많다. 일부 사람들은 혈액형이 저절로 바뀌는 경우도 있다고 믿는다. 하지만 관련 전문가들은 혈액형이 저절로 바뀌는 일은 없다고 말한다. 다만 특수한 경우에 인위적인 변화는 가능하다. 적혈구, 백혈구, 혈소판 등 혈액 성분을 만들어내는 골수에 암 등의 질병이 생겨 혈액 성분을 더 이상 만들어내지 못하는 환자가 ABO식으로 따져 다른 혈액형의 골수를 이식받으면 혈액형이 바뀔 수 있다. 혹시 혈액형과 성격의 관련성을 주장하고 싶다면 골수이식으로 혈액형이 달라진 사람이 그 혈액형대로 성격도 변했는지 알아볼 일이다.

보통 자신의 혈액형이 바뀌었다고 말하는 사람은 원래 혈액형을 잘못 알고 있었거나, 혈액형 검사에서 판독이 잘못됐을 가능성이 크다. 드물지만 실제로 AB형의 한 종류인 Cis-AB형이 A형으로 잘못 판정되는 경우도 있다. 일반적인 혈액형 판독 검사에서는 Cis-AB형이 A형으로 나오기 때문이다.

혈액형 가운데에도 소수자가 있다. 바로 아르에이치(Rh) 마이너스(-)형이다. 우리나라에서는 혈액형이 Rh-인 경우는 무척 위험하기 때문에 살아가는 데 지장이 많다고 오해하기도 하지만, 서양에는 이 혈액형을 가진 사람들이 비교적 많아서 특별히 그것을 '문제'라고 여기지 않는다. 마치 왼손잡이가 오른손잡이에 비해 사람 수가 적어 차별받는 것과 비슷한 이치인 것이다. 다만 Rh-형이 주의해야 할 점은 있다. 임신과 관련된 것이다. 만약 남편이 Rh-이면 부인이 양성이든 음성이든 상관없이 문제가 생기지 않는다. 반대로 Rh-인 여성이 Rh+인 남성과 결혼해서 아이를 낳을 때는 문제가 발생할 수 있다. 이때 Rh+인 아이를 임신하게 되면 산모와 태아의 혈액 내 면역반응 때문에 태아의 적혈구가 깨지는 질환이 생길 수 있다. 이는 단순히 혈액의 항원-항체 반응이지 Rh-형 여성의 잘못은 아니다. 다행히 지금은 이 상태도 극복이 가능하다. 임신 중반기와 출산 직후 72시간 이내에 Rh 면역 글로불린 치료를 받으면 아이도 산모도 건강할 수 있다.

혈액과 관련한 오해 가운데에는 헌혈에 대한 것도 많다. 헌혈이 몸에 좋거나 나쁘다고 여기는 것이 바로 그 예이다. 대체로 헌혈이 몸에 나쁘다고 믿는 사람들이 많은데, 의학계에서는 대부분 이를 부정한다. 관련 전문가들은 헌혈할 때 뽑는 피의 양이 우리 몸의 전체 혈액 가운데 극히 일부에 지나지 않기 때문에 건강에 영향을 미칠 정도는 아니라고 말한다.

실제 남성은 몸무게의 8퍼센트, 여성은 7퍼센트 정도가 혈액으로 구성된다. 몸무게가 60킬로그램인 남성이라면 약 4800밀리리터, 50킬로그램인 여성은 3500밀리리터의 혈액을 갖고 있는 셈이다. 전문가들은 이 가운데 320~400밀리리터의 혈액을 헌혈해도 별문제는 생기지 않는다고 설명한다. 또 신체 내·외부의 변화에 대한 대응 능력이 뛰어난 우리 몸은 헌혈 뒤 1~2시간이 지나면 일상생활에 전혀 지장이 없도록 혈액 순환이 거의 완벽하게 회복된다.

헌혈을 하면 빈혈이 생긴다고 여기는 사람들도 있는데, 이 또한 잘못된 속설이다. 혈액학회는 "헌혈을 하면 몸의 여러 조직 안에 보관돼 있던 혈액이 혈관 안으로 금세 이동해 혈액량은 바로 보충된다"고 설명한다.

헌혈을 하면 살이 빠진다고 알고 있는 사람들도 있는데 역시 잘못된 상식이다. 헌혈을 하면 그만큼 혈액이 빠져나가 몸무게가 한순간 줄어들지만, 그 정도의 무게는 헌혈 뒤 먹고 마시는 음식이나 물을 통해 곧바로 보충된다.

아울러 헌혈을 많이 하면 혈관이 좁아져 나중에 중병에 걸렸을 때 치료받기가 힘들어진다는 말도 있는데, 이도 근거가 없기는 마찬가지다. 혈관에 바늘이 들어오면 순간적으로 혈관이 수축하기는 하나, 곧 본래 상태로 회복된다.

빈혈이란?

흔히 어지러우면 빈혈을 떠올린다. 처방은 혈액이 충분히 생성될 수 있도록 고기 등을 잘 먹는 것이다. 어지러움을 느낄 정도면 굉장히 심한 빈혈로 보면 된다.

빈혈은 한마디로 적혈구에서 산소와 결합하는 혈색소(헤모글로빈)의 농도가 일정 기준보다 떨어진 상태를 의미한다. 적혈구의 혈색소가 각 조직에 필요한 산소를 공급하므로, 결국 빈혈이란 혈색소 부족으로 각 조직에 필요한 산소를 충분히 공급하지 못하는 상태인 셈이다.

서양의학에서는 이 적혈구 수를 혈색소 농도로 표현하며, 보통 성인 남자의 경우 농도가 13g/dL, 성인 여자의 경우 12g/dL, 6~16세 사이의 청소년은 12g/dL, 6개월~6세 미만은 11g/dL, 임산부는 11g/dL 보다 낮으면 빈혈로 판단한다.

빈혈의 원인으로는 혈색소의 주요 재료인 철분이 부족해 발생하는 '철결핍성 빈혈'이 가장 흔하다. 다음으로 피를 정상적으로 만들어내는데도 큰 상처를 입었거나 위궤양이나 대장의 염증 및 궤양 등으로 밖으로 내보내는 피의 양이 많으면 빈혈이 생길 수 있다. 드물게는 적혈구를 만드는 조혈모세포의 부족이나, 피의 각 성분을 만드는 시스템에 문제가 있을 때 빈혈이 생긴다. 예를 들어 백혈병도 대표적인 사례가 될 수 있다.

시대에 따라 같은 증상이라도 다른 질병을 의심할 수 있는데, 과거 못 먹고 못살던 시절에는 어지럽다면 지금보다 빈혈일 가능성이 높았지만, 먹을 것이 넘쳐나는 요즘에는 어지럼증이 일면 귀의 이상과 같은 다른 원인을 찾아보는 것이 우선이다.

합성 비타민제의 진실

비타민제는 어떻게 '명약'의 왕좌에 올랐을까?

미국 국립알코올중독연구소의 책임자인 리처드 비치(Richard Veech)가 항산화제에 대해 쓴 보고서에 이런 대목이 나온다.

"사람들은 운동을 하고 싶어하지 않는다. 그들은 건강한 식단을 짜서 먹으려 들지도 않는다. 음주를 그만두려 하지도 않고, 흡연도 계속 하고 싶어하며, 위험한 섹스도 계속 즐기고 싶어한다. 그 대신에 그저 알약 한 알을 먹고 싶어한다. 글쎄, 행운을 빌어줄 수밖에."

언젠부터인가 건강 관련 상품으로 비타민제가 빠지지 않는다. 비타민이라는 이름 자체가 '건강하다'는 느낌을 떠오르게 할 정도다. 신문과 방송 등 여러 대중매체에도 비타민의 효능이 자세히 소개된다. 이름만 들으면 누구나 알 만한 어느 의학 분야 전문가는 한 텔레비전의 건강 관련 프로그램에 출연해 여러 합성 비타민제를 비롯해 영양제

6~7개를 매일 먹으면서 건강을 챙기고 있다고 이야기했다.

몇몇 의대 교수도 의학적인 연구 결과보다는 자신들의 경험을 바탕으로 텔레비전 방송에서 비타민의 효능을 공공연히 이야기한다. 그렇지 않아도 학창시절, 여러 비타민과 비타민 부족으로 생기는 질환—예를 들어, 비타민 씨(C)가 부족하면 괴혈병에 걸린다—을 짝짓기 하는 시험 문제를 풀어온 우리로서는 이런 비타민의 효능에 귀가 솔깃할 수밖에 없다.

그래서인지 부모님이나 주변 어른들에게 선물할 일이 생기면 합성 비타민제를 먼저 찾게 된다. 또 한창 자라는 아이들이나 수험생을 둔 부모들은 비타민제 챙겨 먹이기를 마치 부모로서 꼭 갖춰야 할 의무 가운데 하나인 양 인식하는 경우가 많다.

그런데 합성 비타민제가 사람들의 수명을 얼마나 더 늘리는가를 알아보는 연구에서 많은 사람들이 알고 있는 내용과 다른 결과가 나왔다. 놀랍게도 합성 비타민제를 잘 챙겨 먹은 사람이 그렇지 않은 사람보다 오히려 짧게 살았다는 것이다.

대표적인 예가 2007년에 덴마크 코펜하겐대학병원 연구팀이 〈미국 의학협회지〉에 발표한 연구 결과다. "몸에 좋은 줄만 알았던 비타민제가 오히려 수명을 짧게 하다니!" 해당 연구를 담당했던 연구진들조차도 결과에 대해 "충격적"이라는 표현을 쓸 수밖에 없었다. 이 연구팀은 그동안 비타민제에 관련된 연구 가운데 세계적으로 학술적 가치가 높은 것으로 인정받는 연구 논문들을 종합해 다시 분석했다. 그 결과 합성 비타민제가 사람의 수명 연장에는 효과가 없다는 것을 밝혀냈다.

이 연구 결과가 관련 전문가들 사이에서 신뢰성이 매우 높다고 평가받는 이유를 살펴보면 일단 연구 규모 자체가 매우 광범위하다. 연구팀은 합성 비타민제 복용과 질병 예방 효과를 다룬 세계적인 논문 68건(조사 대상 인원 23만 2606명)의 자료를 종합 분석했다. 한두 개의 연구 결과에서 도출해낸 결론이 아닌 것이다.

심지어 비타민 에이(A), 비타민 이(E), 베타카로틴 등이 든 합성 비타민제를 먹은 사람은 그렇지 않은 사람보다 빨리 사망할 가능성이 더 높다는 내용까지 담고 있었다.

수치를 보면 관련 비타민제를 모두 먹은 사람은 그렇지 않은 사람보다 사망 위험도가 5퍼센트 높았고, 비타민 A만 먹은 경우에도 사망 위험도는 16퍼센트, 베타카로틴은 7퍼센트, 비타민 E는 4퍼센트 높은 것으로 나타났다.

가장 많이 먹는 비타민 C는 효과도 없었지만 해로움도 나타나지 않았다. 다시 말해서 원래 수명보다 더 일찍 죽을 가능성을 높이지도 않았지만, 감기를 비롯해 다른 질병을 막는 구실을 한다는 증거 역시 발견되지 않았다. 결국 비타민 C는 먹으나 안 먹으나 상관없는 셈이다.

종합 비타민제가 사망률을 높이는 동시에 전립선암의 발생 가능성을 높인다는 연구 결과도 있다. 이는 덴마크 코펜하겐대학 연구진의 보고

서보다 이전에 나온 것으로 미국 국립암연구소가 남성 29만 5344명을 대상으로 5년 동안 추적 관찰한 결과다. 미국 국립암연구소의 연구에 따르면, 물에 녹지 않는 지용성 비타민류를 포함해 일주일에 7개 이상의 종합 비타민제를 먹으면 그렇지 않은 사람보다 전립선암 발병 위험률이 30퍼센트 높아진다.

비타민제가 오히려 암 발생률을 높이다니! 항암 효과가 있다고 해서 비타민제를 챙겨 먹던 사람들 입장에서는 기가 막힐 노릇이다. 우리나라의 경우 미국처럼 전립선암 발병률이 높지는 않지만, 근래 들어 급격히 증가하고 있다는 점에서 이 연구 결과에 주목할 필요가 있다.

최근에도 비타민의 효과에 대한 부정적인 연구 결과는 계속 나오고 있다. 우선 비타민 E는 물에 잘 녹지 않는 지용성이어서 우리 몸에 머무는 시간이 길어 부작용을 일으킬 가능성이 높다는 연구 결과가 발표됐다. 그런가 하면 미국 암연구소는 2008년 9월에 1억 달러를 들여 3만 5000여 명을 대상으로 4년 동안 진행해오던 셀레늄과 비타민 E의 암 예방 효과 연구를 중단했다. 비타민 E가 암 예방에 아무 효과가 없고, 400 IU(비타민량 효과 측정용 국제단위)짜리 비타민을 먹은 사람들에게서 오히려 암 발생률이 소폭 증가한 것으로 나타났기 때문이다.

이뿐만이 아니다. 미국 하버드대 연구팀은 비타민 E가 심혈관계 질병 예방에 무효하다는 연구 논문을 〈미국의학협회지〉에 발표했다.

비타민 C의 효과 역시 과장돼 있다는 연구 결과가 속속 나오고 있다.

뉴욕의 슬로언–케터링 기념 암 센터 연구팀은 암 세포가 정상 세포처럼 비타민 C를 좋아한다는 연구 결과를 내놓았으며, 해당 연구 결과는 〈암 연구〉 2008년 10월호에 실렸다. 이런 사실은 비타민 C가 암 질환을 악화시킬 수 있다고 주장한 이전의 몇몇 연구 결과들을 뒷받침해준다. 게다가 연구자들은 비타민 C와 함께 화학요법을 쓰면 항암제가 들지 않을 수 있다는 사실도 발견했다.

우리나라의 많은 사람들이 비타민이 무조건 몸에 좋을 것이라고 믿는 것과는 달리 관련 전문의들은 그렇지 않다는 사실을 이미 잘 알고 있다. 2007년 5월에 〈한겨레〉에 실린 기사를 보면 염창환(관동대의대 가정의학과 교수) 대한비타민연구회장은 "비타민 A, 비타민 E, 베타카로틴 등 물에 녹지 않는 비타민제를 과다하게 먹으면 간 독성, 출혈 등 여러 부작용이 나타날 수 있다는 것은 예전에 알려졌다"며 "이들 비타민류는 비타민 C 등 수용성(물에 녹는) 비타민과는 달리 몸에 3개월 정도 남아 있는 특징이 있어 많이 먹으면 몸에 축적돼 문제를 일으킬 수 있다"고 설명했다. 염 교수는 또 "그 때문에 적은 양이라도 오래 먹으면 독성이 나타날 가능성이 있다"며 "특히 노인이나 알코올의존증 환자, 콜레스테롤 수치가 높은 사람들은 종합 비타민제 복용보다는 음식으로 섭취하는 게 바람직하다"고 말했다.

비타민제를 너무 많이 먹어서 나타나는 부작용은 어떤 것이 있을까? 우선 비타민 A를 과다 복용하면 피부나 입술이 거칠어지고 갈라진다.

임산부의 경우 기형아 출산 가능성이 높아진다. 비타민 D를 복용하고 있는데 식욕이 떨어진다거나 오심, 구토 등이 나타난다면 독성을 의심해봐야 한다. 비타민 B를 과다 복용하면 독성으로 인한 화끈거림, 가려움증, 손발 저림, 감각 이상 등이 나타난다. 비타민 C도 하루 1그램 이상의 많은 양을 먹으면 흔히 설사나 복통 등이 나타나고, 사람에 따라서는 신장결석이나 부정맥이 생길 수도 있다. 비타민 E를 과다 복용했을 때에는 출혈의 부작용이 있어 수술을 앞둔 경우에는 먹지 않는 것이 좋다.

'넘치면 부족한 것만 못하다' 는 말처럼, 종합 비타민제를 지나치게 많이 먹는 것은 삼가야 한다. 전문가들은 물에 녹지 않는 지용성 비타민제는 되도록 피하고, 비타민은 평소 먹는 음식에서 섭취하는 게 바람직하다고 말한다. 그리고 과거보다 과일, 야채, 고기류 등을 많이 먹는 대부분의 현대인들에게 비타민 부족은 크게 문제가 되지 않는다고 설명한다.

미국심장협회는 각종 비타민제와 항산화제를 일반인은 물론 환자들에게도 권하지 않는다. 이는 미국암학회와 미국국립보건원도 마찬가지다.

하지만 비타민제를 만드는 제약회사는 계속해서 비타민제가 건강에 이롭다고 발표하고 있다. 다만 건강에 이롭다는 부분이 기존에는 암, 심장 및 혈관질환 예방에 관한 설명이었던 것이 이제는 피부 노화 방지

등으로 바뀌고 있을 뿐이다. 피부 노화 방지 효과를 얻기 위해 암의 가능성 또는 조기 사망의 가능성을 높이는 비타민제를 쓰라고 권하는 전문가는 아마도 거의 없을 것이다.

물론 비타민 보충이 필요한 사람들도 있다. 예를 들어 치아나 위장, 소장 등 소화기관의 손상으로 음식 및 영양 섭취가 힘든 노인이나 다이어트를 하고 있는 사람은 섭취하는 비타민이 부족해지지 않도록 비타민제를 따로 챙겨 먹어야 할 수도 있다. 채식주의자도 마찬가지다. 채식주의자들은 과일이나 야채에는 거의 없고 동물의 간, 생선 등에 많은 비타민 B군의 섭취가 부족해질 수 있기 때문이다.

이 밖에 수술 뒤나 외상이나 골절상을 당했을 때도 비타민류의 보충은 필요하다. 물론 중요한 점은 가능한 한 자연산에서 많이 섭취해야 한다는 것이다. 다른 음식과 마찬가지로 비타민도 자연산이냐 인공산이냐 하는 논쟁이 끊이지 않는데, 현재까지 연구 결과로는 합성 비타민제가 문제가 되고 있을 뿐이다. 과일이나 야채 등 자연 식품에서 섭취하는 비타민에 대한 부정적인 연구 결과는 아직 나온 게 없다.

하지만 자연산이라 하더라도 지나치게 많이 먹으면, 과도한 열량 섭취에 의한 비만과 같은 문제가 발생할 수 있다. 아무리 좋은 음식이라도 과하면 역시 몸에 좋지 않다는 것을 비타민에서도 배울 수 있다.

무기질이란?

5대 필수 영양소에는 탄수화물, 단백질, 지방, 비타민과 함께 여러 가지 무기질이 포함된다. 무기질은 쉽게 말하면 각종 이온이다. 요즘 시중에 많이 나와 있는 이온 음료가 바로 이 무기질을 함유하고 있다.

이온은 칼륨, 칼슘, 나트륨 등으로 세포의 활동에 중요한 구실을 하며 과하거나 부족하면 몸에 심각한 이상을 부르기도 한다. 칼슘의 경우 부족하면 뼈의 밀도가 낮아져 넘어졌을 때 뼈가 부러지는 등 심각한 부상을 입을 수 있다.

대부분의 무기질은 보통의 식사를 통해 충분히 섭취가 가능하고, 과다하게 섭취했을 경우 대부분 신장을 통해 배설된다.

그동안 나트륨은 과다하게 섭취해서는 안 된다고 여겨졌다. 나트륨, 즉 소금을 과다 섭취하면 고혈압에 걸릴 가능성이 높기 때문이다. 그래서 대부분의 건강 기사들은 고혈압을 다룰 때 소금 섭취량을 줄여 싱겁게 먹기를 권고한다.

하지만 최근에는 짜게 먹는 것과 고혈압은 관계가 없다는 연구 결과가 나오고 있다. 2008년 10월에 여러 매체에서 보도된 내용을 보면 미국의 로드리고 라고 박사가 '프레이밍햄 심장조사'를 진행해 혈액 속 나트륨 수치가 현재 또는 미래의 고혈압 발생 여부와 연관이 없다는 결론을 얻었다. 로드리고 라고 박사는 이를 위해 4년 동안 2200명을 관찰, 분석했다.

조사 대상자들은 나이가 들면서 혈액 속 나트륨 수치가 올라갔으며 나트륨 수치가 높은 사람도 당뇨병 등의 위험이 높아지기는 했지만 혈압이 올라가지는 않았다. 심지어 혈액 속 나트륨 수치가 가장 높은 집단은 오히려 다른 집단보다 고혈압 위험이 낮은 것으로 나타났다. 하지만 로드리고 라고 박사는 짜게 먹는다고 해서 꼭 혈압이 높아지는 것은 아니지만 지나치게 짜게 먹는 것은 주의할 필요가 있다고 당부했다. 신장 기능이 떨어지거나 다른 질병이 생길 수 있기 때문이다.

장수의 비밀

장수의 비결, 어디까지 진실일까?

2008년 10월에 '구·곡·순·담 100세인 잔치'가 열렸다. 서울대 노화고령사회연구소와 우리나라 최장수 지역인 구례, 곡성, 순창, 담양의 4개 지역자치단체로 구성된 장수벨트 행정협의회가 공동으로 주최한 행사다. 연구소는 세계적인 노화 연구 전문가들을 초청해 심포지엄을 마련했고, 지역자치단체는 춤이나 체조 등의 경연대회를 준비했다.

장수는 어른에게 인사할 때 빠지지 않는 단어이자 모든 사람들이 꿈꾸는 복이다. 많은 사람들이 그토록 장수에 관심을 갖고 장수하고 싶어하지만 실현하는 사람은 흔치 않다. 그래서 장수는 신문과 방송 등 대중매체들도 좋아하고 끊임없이 다루는 주제다. 대체 어떻게 하면 장수할 수 있을까? 나아가 어떻게 해야 건강하게 오래 살 수 있을

까? 장수를 연구하는 여러 노화연구소에서 내놓은 연구 결과를 보면
될까?

2008년 10월에 열린 '세계 장수지역 석학초청 국제 심포지엄'에서
발표된 내용을 살펴보자. 이를 소개한 10월 28일자 〈국민일보〉 인터넷
판 기사를 보면, 루이사 살라리스 벨기에 루뱅가톨릭의대 교수는 "100
세 이상 산 사람들은 즐겁게 살며 적당히 먹고 마시고 끊임없이 신체활
동을 하는 것으로 조사됐다"고 말했다. 그들은 주로 돼지고기, 달걀, 과
일, 콩류 등의 음식을 적당히 먹었으며, 적당한 산책 등 꾸준히 신체활
동을 한 것으로 나왔다. 장수 하면 떠오르는 나라인 일본의 경우를 보
자. 세계적인 장수 마을로 꼽히는 오키나와 사람들을 연구했던 다이라
가즈히코 일본 류큐대학 교수는 "건강의 3대 축은 식생활, 신체활동,
휴양과 수면"이라며 "특히 새벽에 깨지 않고 충분한 시간 동안 깊게 자
는 것이 중요하다"고 말했다.

우리나라의 연구 결과도 있다. 이미숙 한남대 교수가 우리나라 사람
들 가운데 100세를 넘긴 63명을 추적 조사한 연구 결과를 발표했다. 연
구 보고서에는 장수한 사람들의 삶이 자세히 묘사돼 있는데, 그 내용이
무척 흥미롭다. 구체적으로 살펴보면, 각종 암과 여러 질병의 위험 요
인이자 건강을 위협하는 첫 번째 위험 인자로 인식되는 흡연자는 장수
인 5명 가운데 1명으로 나타났다. 전체 조사 대상자 중 흡연자의 비율
은 20.6퍼센트였고, 술을 마시는 사람은 이보다 많은 25.4퍼센트였다.

그리고 이들의 식생활을 조사한 결과 이미숙 교수는 △하루 세 끼를 규칙적으로 섭취하고 △콩류나 채소류를 매일 먹고 △국이나 찌개를 매끼 먹고 △뼈까지 먹는 생선이나 유제품을 일주일에 3회 이상 먹고 △해조류와 과일을 일주일에 2~3회 먹고 △술과 담배는 절제해야 장수할 수 있다는 결론에 이르렀다고 설명했다.

관련 연구 결과들을 종합해보면 장수하는 사람들은 대개 채소류와 과일류, 콩류를 중심으로 골고루 잘 먹는다. 그렇다고 쇠고기나 돼지고기 등 육류 섭취를 피한 것은 아니다. 사는 곳은 거의 다 시골이며, 평지보다는 얕은 동산과 같이 완만한 경사가 있는 곳에 거주한다. 이러한 집의 위치는 운동량을 늘리는 데에 도움을 주었을 것이다. 장수하는 사람들의 생활습관은 각양각색이지만 대부분 즐겁게 웃으면서 산다. 한 가지 특이한 점은 개중에 담배를 많이 피우거나 술을 많이 마시는 사람도 포함되어 있다는 점이다.

하지만 장수에 관한 연구 결과는 여러 측면에서 문제점을 보인다. 우선 장수 노인의 생활습관은 나라마다 다르다. 따라서 장수 연구의 결과에는 한계가 있을 수밖에 없다. 여러 나라의 장수 노인들을 연구한 자료를 모아보면 1997년 8월에 122세로 숨진 프랑스 출신의 장 칼망 씨가 세계에서 가장 오래 산 것으로 나타난다. 그런데 장 칼망 씨가 우리나라에서 장수 요인 가운데 하나로 꼽히는 두부, 된장 등 콩으로 만든 식품을 즐겨 먹었다는 기록은 찾아볼 수 없다. 당연히 그는 프랑스 식으로 식사를 했을 것이고 그들 방식대로 살았을 것이다. 다른 나라 장수 노인들 역시 다들 그들의 방식대로 살았을 테고, 음식이나 기호, 생활도 달랐을 것이 뻔하다. 동양과 달리 서양의 장수인들은 주식인 빵과 고기를 평생 먹고 건강하게 오래 살았을 것이다.

둘째, 장수 노인들의 식사, 운동, 수면, 삶의 태도 등에 대한 조사는 모두 그들의 기억에 의존할 수밖에 없다. 보통 의학적인 임상시험이나 동물실험에서는 특정 약의 효능을 알아보기 위해서 실험대상의 다른 조건들을 모두 동일하게 만들어놓고 약만 다르게 투여한다. 그래야 약의 효능 차이를 제대로 검증해볼 수 있기 때문이다. 하지만 사람을 조사 대상자로 하는 장수 연구에서는 그런 실험이 불가능하다. 게다가 그들의 식사, 운동, 수면, 삶의 태도 등은 과거 오랜 시간 동안 형성된 것이어서 조건에 맞는 정확한 조사 혹은 실험이 불가능하다.

그들의 과거를 재현할 수는 없으므로 어쩔 수 없이 그들의 입에서 나오는 대로 받아써서 분석해야 한다. 하지만 100세 이상을 살면서 예전에 또는 최근에 운동은 얼마나 했는지, 두부나 콩 등을 얼마나 먹었는지 어떻게 제대로 기억할 수 있겠는가. 실제 우리나라 장수인들 가운데에는 조사 당시에 치매나 뇌졸중과 같은 증상이 조금씩 나타난 경우도 있다. 또 그들도 우리나라 전체의 생활방식 변화의 흐름에 따라 살아오면서 상황에 맞게 음식, 운동 행태들 모두를 바꿔왔을 수 있는데, 이에 대해서는 어떻게 정확히 평가를 할 수 있겠는가.

셋째, 장수 노인들에 대한 연구는 건강에 매우 위해한 물질이 나오는 공장에서 근무하는 사람들을 대상으로 위해한 물질과 질병의 관련성을 연구할 때와 비슷한 한계점을 지닌다. 건강에 매우 위해한 중금속 등에 많이 노출될 수 있는 환경에서 일하는 사람은 아주 최근에 공장에 들어왔거나, 중금속에 노출돼도 이를 방어할 수 있는 신체 조건을 갖춘 사람들일 것이다. 왜냐하면 그렇지 않은 사람들은 이미 몸이 아파서 공장을 그만뒀을 것이기 때문이다. 이런 상황에서의 연구 결과는 자칫 위해한 물질이 건강을 해친다고 볼 수 없다고 나올 수도 있다. 하지만 실상은 그렇지 않다.

장수에 대한 연구도 마찬가지다. 장수한 사람들과 비슷한 조건·환경에서 살았던 사람들, 즉 콩과 두부를 주로 먹고, 텃밭을 가꾸고, 술과 담배는 하지 않거나 적게 하고, 고기와 야채 등을 적절한 비율로 먹었던 사람들 가운데에는 장수 노인들처럼 오래 살지 못하고 죽음을 맞은 경우가 많을 수 있다는 것이다. 공장을 떠난 사람들도 연구 대상에 포함돼야 정확하게 중금속과 질병 사이의 관련성을 알 수 있는 것처럼, 장수 관련 연구에서는 이미 세상을 떠난 사람들도 연구 대상에 포함시켜야 한다. 하지만 이미 사망한 사람들을 어떻게 조사하겠는가. 때문에 이런 생활이 장수 노인들을 오래 살게 했다고 판단하는 것은 의학적 연구방법론에서 흔히 오류로 지적하는, 조사 대상의 대표성을 갖추지 못한 경우로 볼 수 있다.

그렇다면 의학적 연구방법론에 맞게 장수의 원인을 규명하려면 어떻게 해야 할까? 일정 규모의 인구 집단을 정한 뒤, 이들이 살아가는 방식을 추적 조사해 어떤 생활방식을 따르고 어떤 직업을 가진 사람들이 장수하는지 관찰해야 할 것이다. 하지만 사람은 실험동물이 아니다. 먹으라는 것만 먹고, 잘 시간 됐으니 자라면 자고, 스트레스 받지 말라고 하니 받지 않고…… 그럴 수가 없다는 말이다. 그렇기 때문에 장수의 원인을 밝히는 연구 자체가 매우 어려울 수밖에 없다.

　그런데 장수한 사람들의 생활습관을 잘 들여다보면 이미 널리 알려진 건강 상식의 내용과 별로 다르지 않다는 것을 확인할 수 있다. 건강 상식은 연구방법론에 입각해 나온 의학이나 보건학 등 여러 학문의 연구 결과를 바탕으로 하는데, 이에 따르면 건강하게 오래 사는 비결은 적절한 운동, 야채가 많은 식단, 충분한 잠, 적절한 스트레스 해소, 금연, 절주 등이다. 장수에 대한 연구 결과도 여기에서 크게 벗어나지 않는다.

　장수에는 왕도가 없다. 그리고 장수보다 더 중요한 것은 '건강수명'의 연장이다. 건강을 위협하는 행동을 하거나 건강하게 살기 위한 '무슨 특별한 방법이 없나?' 라고 생각만 하는 것은 현명하지 않은 일이다. 지금이라도 활동량을 늘리고, 신선한 야채와 과일류를 충분히 먹고, 잠을 푹 잘 수 있도록 노력하자. 그리고 싶어도 그러지 못하는 수많은 사람들은 자신만 탓하지 말고, 그럴 수 있는 여건을 마련하는 여러 제도를 만들자고 사회에 요구하자. 장수 연구에 관심을 갖는 것보다는 그런 요구를 하고 스스로 건강한 생활을 실천하는 것이 건강하게 오래 사는 비결이다.

건강수명이란?

장수의 기준이 달라지고 있다. 단순히 오래만 살아서는 의미가 없다. 뇌졸중으로 팔다리도 제대로 움직이지 못하고, 말도 못하는 상태로 누워 지낸다면 죽는 것만 못하다는 이야기다.

세계보건기구(WHO)나 주요 국가에서도 단순한 장수보다는 건강수명의 개념을 더 중시한다. 장수만 따지는 것은 뒤처진 개념인 셈이다.

우리나라의 평균수명이 빠른 속도로 나아지고 있음은 모두가 잘 아는 이야기다. 경제협력개발기구(OECD)가 2008년에 발표한 건강 통계를 보면 2001년 기준 우리나라의 평균수명은 76.4세로 경제협력개발기구 회원국의 평균인 77.7세보다 낮았으나, 2006년에는 79.1세로 회원국 평균인 78.9세를 넘긴 것으로 나타났다.

하지만 건강수명으로 따지면 결과는 달라진다. 2005년 세계보건기구 발표 자료를 보면, 당시 우리나라의 평균수명은 77.5세였으나, 질병 및 장애 등으로 건강수명은 67.8세로 나타났다. 거의 10년이나 차이가 난 것이다.

다시 말하면 우리나라 사람들은 평균적으로 사망하기 전 거의 10년 정도는 질병과 장애로 고통받다가 죽는다고 볼 수 있다. 세계보건기구의 같은 자료를 보면 실제 우리나라 노인 3명 가운데 1명은 활동 제한이 나타나는 등 급격한 삶의 질 저하를 겪고 있고, 성인의 3분의 1이 고혈압, 당뇨 등 만성질환을 앓고 있는데 적절한 치료를 받지 못해 각종 합병증과 중증질환에 시달리고 있다고 한다. 이 때문에 건강수명으로 따지면 우리나라의 순위는 세계 190여개 국가 가운데 40위 안에 들지 못한다.

이제는 단순히 양만 따질 것이 아니라, 삶의 질을 담보하는 건강수명을 올리기 위한 사회적인 정책이 필요하다.

조기 검진의 효과

암을 일찍 발견해서 불행한 사람도 있다?

평소 달리기로 건강을 다지는 A씨가 있다고 가정해보자. A씨의 최종 목표는 건강하게 한평생을 주어진 날만큼 사는 것이며, 달리기 역시 그런 목표를 이루기 위해 시작했다. 어느 날 달리기를 하다 보니 또 하나의 목표가 생겼다. 그동안은 한 시간에 5킬로미터쯤 달렸는데 이제 10킬로미터씩 달리기로 한 것이다. A씨는 부단한 노력으로 결국 한 시간에 10킬로미터를 달릴 수 있게 됐다. 그렇게 달리던 어느 날 A씨는 심장마비로 사망했다. 건강을 위해 시작했던 달리기가 오히려 몸을 상하게 해 결국 사망에 이른 것이다. 그런데 문제는 중간 목표는 달성했다는 것이다. 중간 목표에는 도달했지만 오히려 최종 목표는 망가뜨린 셈인데, 그렇다면 이런 달리기를 할 필요가 있었을까?

건강과 의학의 영역에는 이런 중간 목표라는 것들이 많다. 예를 들어 고혈압 환자들이 혈압을 낮추는 약을 먹는 이유는 서양의학이 정상—정상이라는 말에는 논란의 여지가 많다— 범위라고 규정한 혈압에 도달하겠다는 목표가 있기 때문이다. 혈압이 높아서 다른 사람들보다 더 빨리 죽는 것을 피하기 위해 약을 먹는다고 이해하면 쉽다.

그런데 고혈압 환자들이 중간 목표를 달성하기 위해 먹는 약은 과연 효과가 있을까? 이때 약의 효과는 생각처럼 검증하기가 쉽지 않다. 약의 효과를 확인하기 위해서는 약을 먹는 사람과 약을 먹지 않는데도 혈압이 정상 범위에 있는 사람(키, 몸무게, 성, 나이, 소득 수준, 교육 수준 등 다른 조건은 모두 똑같다는 가정 아래)이 모두 죽을 때까지 기다렸다가 누가 더 먼저 죽는지 확인해봐야 하기 때문이다. 또는 누가 더 오래 살았는지 확인해봐야 약의 효과 유무를 판단할 수 있다.

요즘에는 뇌졸중으로 쓰러져서 온몸을 움직이지 못하고 식사와 대소변도 남의 수발을 받아야 하는, 거의 누워서 지내는 사람들이 많다. 이들이 인간다운 삶을 영위하고 있다고는 말할 수 없다. 그래서 수명을 계산할 때에는 이런 삶의 질까지 고려하고 있다. 장수의 문제에서도 단순히 누가 얼마나 오래 살았는지만 확인해서는 안 된다. 삶의 질도 고려해야 하는 것이다. 물론 단 두 사람의 비교로는 우연이라는 요소가 끼어들 가능성이 있으니, 통계적으로 문제가 없도록 일정 정도 이상의 쌍을 찾아서 지켜봐야 한다.

'왜 이렇게까지 확인해야 하는가?' 라는 질문을 던지고 싶은 충동을 느끼는 독자도 있을 것이다. 매우 자연스러운 현상이다. 하지만 이 질문을 하고 싶으면 반대의 질문을 받을 준비를 해야 한다.

바로 '왜 혈압과 혈당은 의사들이 정해놓은 정상 범위보다 높으면 건강과 수명에 해가 되는가?' 라는 질문에 답해야 하는 것이다. 의사들은 정상 범위보다 높은 혈압과 혈당이 우리 몸의 순환기계, 신경계, 뇌혈관계 등에 해로운 영향을 끼친다는 것을 증명하기 위해 오랜 기간 관찰했다. 그동안 높은 혈압과 혈당을 가진 사람들은 혈압과 혈당이 높다는 것 외에 별다른 증상이 없었기에 자신들이 '환자(정말 환자인지는 더 논의가 필요하다)' 인지도 모르는 사이에 의사들에 의해 환자로 규정되었다. 의사들은 높은 혈압과 혈당을 그대로 두면 정상 범위의 혈압과 혈당을 가진 사람에 비해 뇌졸중, 심장질환, 신장질환, 신경계질환에 더 많이 걸릴 수 있다고 오랜 관찰의 결과를 밝혔다.

높은 혈압과 혈당은 그대로 두면 각종 합병증이 생겨, 삶의 질이 떨어지는 것(예를 들어, 신장 기능이 나빠지면 혈액투석이나 복막투석을 해야 하는 불편이, 뇌졸중에 걸리면 대소변을 못 가리거나 반신불수로 움직이지도 못하는 불편이 생기는 것)은 물론이고 수명도 짧아진다는 사실을 알아낸 것이다.

그렇다면 이제 해결책은 단순해진다. 혈압과 혈당을 정상 범위로 만들면 삶의 질이나 수명을 정상 범위의 사람들처럼 만들 수 있다. 혈압과 혈당을 정상 범위로 낮추기 위해서는 약을 먹거나 운동을 하거나 식사 조절 등을 실천해야 한다. 이 가운데 가장 손쉬운 방법은 약을 먹는 것이다. 운동이나 식사 조절은 생활습관을 비롯해 전체적인 삶의 방식을 바꿔야 하기 때문에 쉽지 않다. 그래서 많은 사람들이 약을 선택한다.

하지만 약은 안타깝게도 작용이 있는 반면, 반작용도 있다. 중학교나 고등학교 과학 시간에 배운 작용과 반작용의 법칙을 떠올려보기 바란다. 약은 혈압을 낮추는 작용을 하면서 몸의 다른 곳에 가서는 또 다른 작용을 한다. 이른바 부작용이 나타나는 것이다. 이 때문에 경우에 따라서는 약을 먹었을 때 오히려 삶의 질이나 수명이 떨어질 수 있다. 혈압이나 혈당은 낮췄는데 삶의 질이나 수명은 더 떨어질 수 있다는 이야기다.

이것이 바로 혈압이나 혈당 관리에 있어서 중간 목표인—최종 목표가 삶의 질을 높게 하거나 건강한 수명을 늘리는 것이라면—혈압이나 혈당을 정상 수치로 만드는 것의 한계다. 혈압이나 혈당만 그런 것이 아니라 콜레스테롤 하면 떠오르는 고지혈증, 비만 등 각종 생활습관병도 마찬가지다.

중간 목표를 달성했는데도 최종 목표를 달성할 수 없을 수도 있다는 설명에 대해 어느 정도 공감했을 것으로 생각하고, 이제 다음 이야기를 진행해보자.

우리나라에서 가장 무서운 질환은 무엇일까? 현재 우리나라에서는

4명 가운데 1명이 암으로 숨진다. 젊은 사람들은 자살이나 교통사고 등으로 목숨을 잃는 경우가 많으니 중년층 이상의 사람들은 이보다 더 많은 수가 암으로 숨진다고 볼 수 있다. 미래에는 상황이 또 어떻게 변할지 모르지만, 현재로서는 많은 사람들이 암에 대해 걱정하는 것은 당연하다.

암으로 인한 사망자가 늘면서 항산화제처럼 암 예방에 좋은 성분을 함유한 식품을 찾아 먹는 사람들이 늘고 있다. 상황버섯, 영지버섯과 같은 건강식품은 값이 매우 비싼데도 찾는 사람이 많다. 진시황제도 찾지 못한 불로초가 있을 것이라는 믿음까지 생겨나고 있다. 그런데 이 항암 효과가 있다는 음식 가운데 확실한 효과가 입증된 것은 아직 없다.

아무튼 암이 생기지 않도록 하는 것이 최선이나, 발병 자체를 막을 수 없다면 조금이라도 일찍 발견해서 치료해야 하지 않을까? 완치까지는 어렵더라도 조금이라도 생존 기간을 연장시킬 수 있을 테니 말이다. 이런 문제의식에서 나온 것이 바로 암의 조기 검진이다.

문장을 잘 해독한 독자라면 금방 눈치 챘겠지만, 문제는 여기에 한 가지 가정이 있다는 것이다. 바로 '빨리 치료할 수 있으면'이라는 가정이다. 치료할 수 없으면 빨리 발견할 필요도 없다는 명제의 법칙도 적용된다. 중고등학교 수학 시간을 떠올려보자. 어떤 명제가 참일 때 조건과 결과를 뒤집어놓고 순서도 바꾸면 그 역시 참이라는 명제의 법칙이 존재한다. 'A이면 B다'가 참이면 'B가 아니면 A가 아니다'라는 말도 참이라는 뜻이다.

구체적으로 현재의 폐암 조기 검진 방법을 통해 암의 조기 검진 효과에 대해 알아보자. 2007년 12월 초, 조홍준 울산의대 가정의학과 교수는 〈한겨레〉에 기고한 글에서 폐암의 사망률을 낮추는 조기 검진 방법은 아직 없으며, 최근 유행하는 저선량 컴퓨터단층촬영법 역시 조기 검진 방법으로는 적합하지 않다고 밝혔다.

조 교수에 따르면 건강검진에 대한 가장 믿을 만한 근거를 많이 내놓는 미국예방서비스특별위원회와 미국흉부의사학회는 어떤 검진 방법도 폐암의 사망률을 낮춘다는 증거를 발견하지 못했고, 저선량 컴퓨터단층촬영 역시 폐암 검진 방법으로 권고하려면 더 확실한 증거가 있어야 한다고 주장했다고 한다.

왜 그럴까? 적절한 치료 방법이 없으면 조기 검진도 필요 없다는 명제를 떠올리면 쉽게 이해할 수 있을 것이다. 우선 암은 발생한 뒤 일정 시간이 지나 조직에 이상이 생길 정도로 커진 뒤에 증상이 나타난다. 이 때문에 증상이 생겨 암을 발견하면 때에 따라서는 서양의학으로는 이미 손 쓸 방법이 없을 수 있다. 드라마나 영화에서 흔히 등장하는 말기 암에 걸린 여주인공이 될 수도 있다는 이야기다.

때문에 암에 대한 치료 방법이 존재할 때에만 조기 검진이 의미를 지닐 수 있다. 적절한 치료 방법이 없다면 괜히 암이 있다는 사실만 빨리 발견한 셈이 된다.

간단한 예로 우연히 같은 해 같은 날에 태어난 네 친구(A, B, C, D)가 있는데 같은 날 죽었다고 가정해보자. 묘하게도 나중에 네 사람 다 부검을 통해 확인해보니, 같은 암으로 죽었다고 또 가정해보자. '이런 일이 있을 수 있어?'라고 따져 묻는 독자도 있겠지만, 조금만 더 참고 얘기를 들어주시라. 가정은 앞으로도 계속된다. 원래 과학이라는 이름을 단 학문이 그렇다.

아무튼 각각의 사정을 살펴보니, A는 조기 검진으로 죽기 5년 전에 암을 발견해 당시에 최고라고 평가받는 치료를 받았다. B는 증상이 나타난 후 죽기 2년 전에 암을 발견해 또 당시 최고라고 평가받는 치료를 받았다. C는 죽기 6개월 전에 너무 아파 병원에 갔더니 암이라고 해서 당시 최고라는 치료를 받고 역시 같은 날 죽었다. 마지막으로 D는 아무것도 모르고 병원에도 가지 않은 채 같은 날에 죽었다.

네 사람은 같은 날에 같은 질병으로 죽었기 때문에 이제 따질 일은 두 가지다. 바로 삶의 질과, 병을 치료하고 건강을 유지하는 데 쓴 돈의 액수다. 우선 넷 가운데 누구의 삶의 질이 가장 높았는지 살펴보자.

암 환자로 5년 동안 살다 죽은 사람이 삶의 질이 높았다고 이야기하는 사람은 거의 없을 것이다. 죽음의 공포를 5년 동안 느끼며 살아가기란 매우 힘든 일이기 때문이다. 그 기간은 짧을수록 좋기에 D가 가장 행복했다고 이야기해도 반대할 사람은 많지 않을 것이다.

다음으로 돈의 액수를 비교해보자. 최근에는 암 재발을 억제하기 위해 여러 항암제가 나오고 있으니, 조기 발견한 A가 수술 뒤 재발 방지를 위해 많은 돈을 쓴 것만은 확실할 것이다.

지금까지의 가정에 수긍한다면 조홍준 교수의 주장을 이해할 수 있을 것이다. 자각 증상이 없는데 조기 검진으로 암을 발견한 한 환자가 각종 치료를 받은 뒤 4년을 살았고, 증상이 있어서 진료를 받은 뒤 암을 발견한 환자가 3년을 살았다면, 전자가 조기 검진 덕분에 1년을 더 살았다고 생각하기 쉬우나 이는 착각이다. 암이 생겨서 증상이 나타날 때까지 평균 1년이 걸린다면, 검진으로 암을 발견한 환자가 1년 오래 산 것처럼 보이는 것은 착시현상일 뿐이다. 다른 시각으로 보면 오히려 검진 때문에 암 환자로 살아가는 기간만 1년 더 늘어난 셈이 된다. 모든 조기 검진이 반드시 좋은 것만은 아니라는 뜻이다.

그런 점에서 이정권 성균관의대 삼성서울병원 가정의학과 교수팀이 우리나라에서 유명한 대형병원의 건강검진 프로그램을 의학적인 근거를 바탕으로 분석한 연구 결과를 눈여겨볼 만하다. 이 교수팀은 연구 결과 수백만 원대의 비싼 검진 프로그램 속에 의학적인 근거가 별로 없는 검진 항목이 많이 포함돼 있다는 사실을 밝혀냈다.

이에 대한 논문은 2006년 10월 27일자 〈한겨레〉 기사에 잘 요약돼 있다. 이정권 교수팀은 국내 주요 병원 여섯 곳의 건강검진 프로그램을 미국의 암협회와 가정의학회, 심장학회, 당뇨병학회의 권고안과 우리나라의 평생건강관리, 5대 암 검진 권고안을 바탕으로 비교, 분석했다. 그 결과 병원 여섯 곳의 종합검진 항목에는 종양표지자, 복부 초음파, 심전도, 매독 등 권위 있는 국내외 의학 관련 단체에서 부적절하다고 판정한 검사 항목이 다수 포함돼 있었다. 가정의학회가 펴낸 평생건강관리지침과 비교할 때 20~30개 항목의 암 검진 가운데 10~15개 항목이 불필요한 검사였다. 만성질환 검진의 경우도 25~30개 항목 가운데 7~8개는 불필요했고, 4~5개는 의학적으로 검증되지 않은 것들이었다. 이 교수팀이 분석한 주요 병원은 이름만 들어도 누구나 알 수 있는 국립암센터, 서울대병원, 삼성서울병원, 연세의대 세브란스병원, 가톨릭의대 성모병원이었다.

검사 항목과 함께, 기본적으로 건강검진의 문제라고 할 수 있는 가짜 양성이나 가짜 음성에 대해서도 언급하지 않을 수 없다. 암이 아닌데도 암이 있는 것처럼 나오는 가짜 양성이나, 암이 있는데도 이를 발견하지 못하는 가짜 음성은 큰 문제가 아닐 수 없다.

우선 사람들은 가짜 음성에 대해 강한 불만을 드러낸다. 수백만 원짜리 건강검진을 받아서 아무런 이상이 없다고 나왔는데, 몇 달 뒤 말기 암이 진단돼 손도 못 써보고 사망했다는 이야기를 주변에서 꽤 들어봤을 것이다. 이런 불상사를 미연에 방지하기 위해 더 비싸고 더 큰 병원에서 건강검진을 해야 한다고 생각하는 사람들도 많다.

건강검진과 질병 진단의 과정을 이해하면 건강검진에서 왜 가짜 음성이 나올 수밖에 없는지 나름 이해할 수 있다. 서양의학에서의 진단 과정은 셜록 홈즈의 탐정 놀이나, 〈시에스아이(CSI)〉의 범인 잡기와 비슷하다. 우선 환자의 증상을 잘 듣고, 이를 바탕으로 몇 가지 가능성 있는 질병을 추려낸다. 그런 다음 환자의 신체검진(청진기와 각종 거울로 맥박, 혈압, 키, 몸무게 등을 재는 행위)을 통해 후보군을 좁혀간다. 물론 신체검진에서 후보군이 넓어질 수도 있다. 종종 환자의 증상과 신체검진만으로 질병이 진단되는 경우도 있다. 이 과정에서도 진단되지 않는 질병은 혈액검사나 방사선촬영 등 간단한 기계를 사용해 검사하고, 여기에서도 진단이 어렵다면 시티(CT, 컴퓨터단층촬영), 엠아르아이(MRI, 자기공명영상촬영), 펫(PET) 등 매우 값비싼 첨단 장비를 사용한다.

이때 담당의사는 특정 기관, 예를 들어 간장, 폐, 심장, 뇌 등에 질병이 있을 것으로 의심하면서 엠아르아이나 시티 화면을 열심히 들여다보기 때문에 건강검진처럼 별다른 의심과 목표 없이 화면을 볼 때보다 상대적으로 이상을 발견할 가능성이 커진다.

많은 사람들이 엠아르아이, 시티 등 첨단 고가 장비는 한 번 찍으면 저절로 몸의 모든 이상을 인쇄해 내보내는 것으로 착각한다. 마치 수학 문제 풀이처럼 정답이 있는 것으로 여긴다는 뜻이다. 하지만 실제로는 그렇지 않다.

엠아르아이를 찍는다고 해서 화면에 그 사람이 어떤 질병을 갖고 있다고 정답처럼 뜨는 게 아니다. 의사가 화면을 열심히 관찰해서 이상한 점을 찾아내고 해석해야 질병을 찾아낼 수 있다. 시티나 펫의 경우도 마찬가지다. 의사가 전날 잠이라도 설쳤거나 눈병에 걸렸거나 너무 많은 화면을 본 탓에 눈이 피로하거나 이런 저런 이유로 화면을 유심히 들여다볼 수 없는 상황이면 암이나 다른 질병이 있어도 못 보고 지나칠 수 있다.

질병이 있어도 못 잡아내는 가짜 음성도 문제지만, 질병이 없는데도 있다고 나오는 가짜 양성도 문제다. 건강검진 뒤 암일 가능성이 있다고 해서 울고불고하다가 정밀 검사에서 아무런 이상이 없다고 나오는 경우가 있다. 이런 경우 대부분 "의사 선생님, 고맙습니다" 하면서 병원을 나서지만, 정밀 검사 결과가 나오기까지 마음을 졸이고 불안에 떤 그 기간은 무엇으로 보상받아야 하나? 또 정밀 검사에 들어간 비용은 어떻게 해야 하나?

일단 이상이 없다고 하니, 환자 입장에서는 이런 마음 졸임이나 불안, 그리고 검사에 들인 비용이 눈에 들어오지 않을 것이다. 가짜 음성처럼 환자들이 병원에 와서 따지는 경우도 드물다. 이래저래 환자는 일방적으로 여러 피해를 볼 수 있는 것이다. 또 가짜 양성이 나온 뒤 정밀 검사에서 아무런 이상이 없으면 마치 몸이 건강한 것으로 판정받았다고 생각하기 쉽다. 하지만 건강검진에서 아무런 이상이 없었다고 해서 몸이 건강하다고 생각하면 큰 오산이다. 건강검진은 그냥 한 번의 검사일 뿐이다. 과신해서는 곤란하다.

어떤 건강검진이 필요한가?

여기까지 읽고 갑자기 질문을 던지는 독자도 있을 것 같다. 갑상선암이나 전립선 암처럼 많이 그리고 쉽게 진단되는 암에 대해서는 위암, 대장암, 자궁경부암, 간 암, 유방암처럼 국가 암 검진 사업에 포함시켜야 되는 것 아니냐는 질문이다.

아주 단순하게 생각하면, 암 검진 항목에는 되도록 많은 종류의 암을 넣으면 좋 을 것 같다. 하지만 한 가지 고려하지 않을 수 없는 것이 있다. 검진은 아무런 증 상이 없어도 어느 정도 나이가 들면 모두가 받아야 한다. 하지만 이 가운데 극히 소수에게서만 암이 발견될 뿐이다. 위암의 경우, 2005년 기준으로 인구 10만 명당 45.2명이 걸렸을 뿐이다. 다시 말해 9만 9955명은 '위암이 없다' 는 사실 을 확인받기 위해 위암 조기 검진을 받았다는 것이다. 게다가 위암이 앞으로 영 원히 생기지 않는 것도 아니고, 단지 이번 검사에서 발견되지 않았을 뿐이다. 그 들은 위암 조기 검진에 들어가는 비용뿐만 아니라 시간이나 위장내시경 등의 고 통도 감수해야 한다. 그리고 여기에 들어가는 비용은 하늘에서 떨어지는 것이 아 니라, 전부 국민의 호주머니에서 나온다. 차라리 이 돈을 위암이 진단된 이들의 치료에 쓰는 것이 더 낫다는 의견도 많다.

건강검진은 안전하면서도 간편해야 하고, 비용이 적게 들어야 한다. 또 가짜 양 성이나 가짜 음성이 적게 나타나고 결과가 정확해야 한다. 물론 해당 검진으로 발견할 수 있는 질병 종류가 많아야 하고, 치료 방법이 있어야 한다는 것은 기본 적인 조건이다. 이 모든 요소를 충족해야 건강검진으로서 가치가 있는 것이다.

Tip 2

인명은 재천?

정부가 일정 정도 소득 이하의 노인들에게 무료 암 검진을 해준다고 나섰는데도 실제 검진을 받는 사람은 전체의 20퍼센트 근처에 머무른다. 무료—좀 더 실감 나게 공짜—인데도 10명 가운데 8명은 받지 않는 것이다. 나중에 설명하겠지만, 이와 반대로 의학적인 근거가 부족해 조기 검진 항목으로 적절하지도 않으면서 비용은 매우 비싼 검진을 수시로 받는 부자들도 있다. 아무튼 공짜인데도 무료 암 검진을 받지 않는 그들의 행동에 대해 비웃는 사람도 있을 것이다. 정부 관계자들도 이 점을 이해할 수 없다고 말한다. 그들이 검진을 받지 않는다고 답한 이유 가운데 상당 부분이 '암이 있을까봐 무서워서'였기 때문이다. '암이 발견돼 두려움에 떠느니, 그냥 모른 채로 살다가 때가 되면 죽겠다'는 것이다. 물론 이 가운데에는 빨리 발견해 작은 치료만 해도 완치되는 경우도 있을 것이다. 하지만 반대로 수술까지 받았는데도 그냥 원래 수명대로 죽는 경우도 있을 수 있다. '인명은 재천'이라고 생각하는 것이다. 이 생각이 틀렸을까?

예방의학 전문가인 권호장 단국대 의대 교수는 2008년 8월 〈경향신문〉에 기고한 글에서 이 표현을 그대로 썼다. 권 교수가 뭘 몰라서인지, 노인들이 아무것도 몰라서인지, 인명은 재천이라는 말이 통하고 있는 것이다. 어떤 사람들은 검진비를 아껴 저축해뒀다가 혹시 위암이 나타나면 그때 치료비로 쓰겠다고 말한다. 실제로 아무 검사나 검진을 받았다가는 돈은 돈대로 낭비하고, 고생은 고생대로 할 수 있다.

갑상선암의 경우 진단 뒤 5년 동안 생존할 가능성은 98.1퍼센트나 된다. 이 정도면 암이라고 말하기도 무색할 정도다. 우리가 생각하는 암은 진단되고 얼마 지나면 죽고 마는 무서운 질환이 아닌가. 때문에 국가적으로 갑상선암에 대한 정책을 만든다면 갑상선암에 걸릴 가능성이 높은 사람에 대해서는 조기 검진 검사를 추천하되, 나머지는 검진비보다는 치료비로 보상해주는 것이 타당할 수 있다.

나이별 건강 관리법
나에게 맞는 건강관리법은 무엇인가?

언론은 독자들의 허를 찌르는 '의외성' 있는 기사를 좋아한다. 건강 관련 기사도 마찬가지다. '20대에도 유방암이나 자궁경부암에 걸릴 수 있다' 거나 '30대 돌연사 늘고 있다' 등이 대표적인 예다.

물론 이런 제목의 기사들은 사실에 근거를 두고 있다. 실제로 20대에 유방암에 걸린 사람이 있다는 이야기다. 대부분의 유방암은 30대 후반이나 40대 이후에 생기는데, 20대에도 생긴다는 사실이 새로워 기사로 작성된 것이다. 그럼에도 이런 기사는 오해를 불러일으킬 수 있다. 예를 들어 20대 여성도 유방암이 생길 수 있다고 하니 유방에 멍울만 생기면 암일지도 모른다는 생각에 불안해하고, 이 때문에 20대 때부터 유방암 검진을 챙겨 받으려는 사람도 있을 거라는 이야기다. 실은 거의 대부분이 양성종양이나 단순 낭종 혹은 정상적인 조직인데도 말이다.

또 20대에 유방암이 생길 수는 있지만 사실 그 가능성은 무척 낮다. 10만 명 가운데 1명에게서도 생기지 않을 가능성이지만, 언론에서는 이런 가능성까지 설명해주지 않는 경우가 대부분이다.

미리 검진을 받아서 혹시 생겼을지도 모르는 유방암을 조기에 발견할 수 있다면 좋은 일 아니냐는 생각을 할 수도 있다. 하지만 비용이나 효과 면에서 불필요한 검사를 미리 받아서 방사선을 쬘 필요가 있을까? 조직 검사를 하게 되면 감염이나 출혈 등의 위험도 따른다. 이런 이유들 때문에 조기 검진을 비롯해 모든 건강 행동은 본인의 나이에 맞게 해야 하는 것이다.

여기서 각 연령대별 건강 관리 방법을 살펴보자.

선천성질환이 없다면 대체로 고등학교를 다닐 때까지는 인생에서 가장 건강한 나이라 해도 과언이 아니다. 간혹 감기 정도를 앓을 뿐 이 시기에 병원에 갈 일은 거의 없다. 나이별 의료비 지출액을 봐도 10대가 가장 적다. 그만큼 병원을 찾을 일이 없다는 이야기다.

이 시기의 주된 건강 문제는 건강한 생활습관을 만드느냐 그렇지 못하느냐다. '세 살 버릇이 여든 간다'고, 이 시기에 좋은 습관을 만들지 못하면 평생 비만, 당뇨, 고혈압 등 여러 생활습관병에 시달릴 수 있다. 때문에 평생 즐길 수 있는 운동 한 가지 정도는 배울 수 있도록 해야 하며, 각종 생활습관병의 원흉이라 불리는 흡연이나 음주에 빠지지 않도록 주의해야 한다. 과체중이나 비만일지라도 과도한 다이어트 등으로 몸무게를 빠르게 줄이려고 하다가는 오히려 성장을 해칠 수 있기 때문에 적절한 운동이나 균형 있는 식사로 조절할 필요가 있다.

또 한 가지 이 시기에 주의해야 할 점은 교통사고를 비롯한 여러 사고와 정신적 불안정함이다. 과거에는 학생들이 알아서 차를 피해야 하고, 우울한 환경이나 감정 등도 정신력으로 버텨야 한다는 인식이 강해 예방이 어려웠다. 이와 달리 지금은 학교 근처의 안전구역 설치가 활발히 이뤄지고 있고, 부모와 교사를 비롯해 청소년의 처지를 이해하고 정신적으로 도움을 주는 단체들의 활동도 활발하며, 청소년들을 대상으로 한 상담제도가 자리 잡고 있으니 그나마 다행이다.

20대 역시 신체적으로 매우 건강한 시기다. 다만 대학생활이나 새로 직장생활을 시작하며 이에 적응하는 과정에서 여러 정신적인 스트레스를 받을 수 있다. 또 음주나 흡연 등 몸을 망치는 생활습관을 들이기 쉬운 시기이기도 하다. 이와 함께 자동차 및 자동화 기기의 이용이 크게 늘어나 신체 활동량이 떨어져 운동 부족으로 비만이 나타나기도 한다.

이런 환경에 적응하기 위한 건강 습관은 역시 자신이 즐길 수 있는 운동을 하는 것이다. 테니스, 탁구, 배드민턴, 축구, 농구처럼 여러 사람이 함께 즐길 수 있는 운동 동호회에 가입하면 규칙적으로 운동할 수 있어 좋다. 이런 운동을 좋아하지 않는다면 달리기나 등산, 수영, 빠르게 걷기 등과 같은 유산소 운동도 괜찮다. 물론 이런 운동도 주위 사람들과 함께 해야 중도에 포기하는 일이 별로 없다.

20대 때 적절하게 운동을 한다면 뼈의 밀도를 최고로 올리는 데 도움이 된다. 여성은 폐경 뒤, 남성은 60대 후반부터 생길 수 있는 골다공증의 예방에 크게 도움이 된다는 이야기다.

20대에도 직장생활을 시작하면 국민건강보험공단의 건강검진을 받게 되는데, 이 검진은 잘 챙겨 받을 필요가 있다. 고혈압, 당뇨, 비만, 고지혈증 등 대부분의 생활습관병을 진단할 수 있기 때문이다. 고혈압이나 당뇨 등은 아직 나타나는 나이가 아니어서 거의 대부분 정상 범위에 속하지만 비만이나 고지혈증은 진단될 수 있다. 물론 진단을 받으면 규칙적인 운동이나 식사량 조절을 통해 관리해야 한다.

30대의 건강법도 20대와 크게 다르지 않다. 다만 이 시기에 20대 때보다 더 주의할 것은 간질환이다. 직장생활을 시작하면서 과도한 음주로 알코올성 급성 간염 등에 걸릴 수 있기 때문이다. 음주에 의한 알코올성질환이 드물기는 하지만, 교통사고와 함께 30대의 주된 사망 원인 가운데 하나라는 사실을 명심할 필요가 있다. 40대보다는 적지만 돌연사도 드물게 나타나는데, 대부분 음주, 흡연, 스트레스 등과 관련이 있는 것으로 알려져 있으므로 이런 위험 요인을 피하는 것이 바람직하다.

건강검진도 20대와 마찬가지인데, 다만 성 경험이 있는 여성이라면 자궁경부암 검진을 시작하는 것이 좋다. 또 여성은 30세부터는 유방암 자가검진법을 배워 한 달에 한 번씩은 규칙적으로 해보는 것이 좋다.

30대 여성은 반드시 운동 한 가지쯤은 취미로 만들어야 한다. 이 시기에 재미를 붙이면 평생 할 수 있는 기초를 닦을 수 있기 때문이다. 특히 폐경 뒤 급증하는 골다공증 예방을 위해서도 꼭 필요하다. 보통 뼈의 밀도는 30대 중반에 최고조에 이르고, 그 뒤로는 계속 감소하며 폐경 뒤에는 급격한 속도로 줄어든다. 그러므로 30대에 접어들자마자 근력 운동 등을 통해 뼈의 밀도를 최대로 올려놓아야 한다. 폐경 뒤 줄어들더라도 골다공증 기준치 아래로 떨어지는 일이 없도록 예방해야 하는 것이다.

여성의 경우 30대는 임신과 출산이 많은 시기이기도 한데, 무엇보다 주의할 점은 가능하다면 계획을 미리 세워 태어날 아이는 물론 엄마의 건강을 해치지 않도록 하는 것이다. 임신 전 산부인과를 찾아 상담을 받아보는 것도 권장된다.

일반적으로 20~30대에는 건강에 크게 관심이 없다. 하지만 이 나이에 건강의 기초를 닦지 않는다면 40대 이후에 질병으로 고통받는 기간이 길어질 수 있음을 명심해야 한다.

40대부터는 체력이 빠른 속도로 떨어지기 시작한다. 건강 문제에 별 관심이 없던 사람들도 자연스럽게 관심을 가지게 된다. 실제로 고혈압,

당뇨, 고지혈증 등 생활습관병이 시작되는 시기이기도 하다. '40대 돌연사'도 잘 알려져 있다. 우리나라는 사망 뒤 사망원인을 알기 위한 부검제도가 필수가 아니어서 정확한 파악은 힘들지만, 대부분 심장 및 혈관계통의 질환을 앓았던 것으로 추정된다. 그만큼 고혈압, 당뇨, 고지혈증 등에 대해서는 제대로 검진하고 관리해야 한다는 뜻이다. 아직 드물지만 암도 종종 나타난다. 특히 우리나라는 위암이나 유방암 등이 40대부터 잘 나타난다.

이런 질환들은 역시 규칙적인 운동과 식사 조절 등으로 사전 예방하는 것도 중요하지만, 이 시기부터는 조기 발견도 중요하다. 우선 건강보험공단의 일반 건강검진과 함께 국가 암 검진 사업에 해당되는 암 검진을 받아야 한다. 일반 건강검진에서는 당뇨, 고지혈증, 고혈압, 심장 및 혈관질환 여부를 확인할 수 있다.

암 검진에 대해 살펴보면, 우선 위암의 경우 40세부터는 위장조영촬영술이나 위장내시경 검사를 2년마다 한 번씩 받도록 권장된다. 위암에 걸린 가족이 있다면 이보다 2~3년 조금 앞당겨야 한다는 의견도 있다. 간암은 간경변이 있거나 비(B)형 또는 시(C)형 간염에 걸린 사람에게 더 잘 나타나므로, 이에 해당한다면 6개월에 한 번씩 간초음파 검사와 함께 혈액검사를 받을 필요가 있다.

대장암의 경우 50세부터 검진이 권장되나, 집안에 대장암에 걸린 가족이 있다면 이보다 좀 더 앞당길 필요가 있으므로 40대부터라도 검진을 받는 것이 좋다.

여성이라면 자궁경부암과 유방암 검진 역시 빼놓을 수 없다. 40세부터 유방암 검진은 필요하며, 2년에 한 번씩 유방촬영술과 유방임상진찰을 받도록 권장된다.

한 가지 알아둘 것은 우리나라 사람들이 흔히 걸리는 암 가운데 하나인 폐암만은 아직까지는 효과적인 정기 검진 방법이 없다는 사실이다. 때문에 담배를 피우는 사람들은 반드시 끊어야 한다. "담배를 피우는 사람에 비하면 폐암에 걸리는 사람들이 그리 많지도 않은데, 내가 걸리겠어?"라고 말하며, 흡연을 합리화하는 사람도 있다. 담배는 폐암뿐만 아니라 각종 암을 비롯해 수많은 질환을 불러온다는 것을 명심해야 한다. 대표적으로 담배를 오래 피우면 반드시 나타나는 만성폐쇄성폐질환에 걸리면 심할 경우 숨이 가빠 계단을 오르내리는 것은 말할 것도 없고 화장실 가기, 청소하기 등과 같은 일상생활도 불가능하다. 치료방법도 없기 때문에 살아 있어도 죽은 거나 마찬가지인 상태로 몇 년을 지내야 한다. 어찌 보면 폐암보다 더 무서운 질환에 거의 100퍼센트에 가까운 비율로 걸릴 수 있는 것이다.

40대에 들어서서 운동을 처음 시작한다면 심장 및 폐의 기능에 대한 검사를 받은 뒤 하는 것이 안전하다. 특히 비만인 사람은 검사를 반드시 받아야 한다. 운동은 관절이나 근육 등에 부담을 주지 않는 수영, 고정식 자전거 타기, 빠르게 걷기 등이 안전하다.

50대 이후부터는 암, 뇌졸중, 심장병 등 각종 질환이 본격적으로 나타나는 시기이다. 위암, 대장암, 간암, 자궁경부암, 유방암 등을 비롯해 여유가 된다면 다른 암에 대해서도 검진을 규칙적으로 받을 필요가 있다. 위암, 간암, 자궁경부암, 유방암 등은 30~40대부터 받던 검사를 그대로 받고, 50세부터 추가되는 대장암 검진으로는 5~10년에 한 번씩 대장내시경 검사를 받는 것이 권장된다.

이 시기에는 건강에 관심이 많아지면서 각종 건강기능식품을 먹는 사람들이 많은데, 검증되지 않은 식품이나 약의 오용 또는 남용은 피해야 한다. 오히려 건강을 해칠 수 있기 때문이다. 합성 비타민제는 앞서 살펴본 대로 효과보다는 오히려 사망 가능성을 높인다는 연구 결과들이 많으므로 그보다 비타민이 충분히 든 과일, 야채 등을 잘 챙겨 먹는 것이 좋다.

50대에 몸무게가 줄어들면 오히려 사망률이 높아진다는 연구 결과들도 있다. 때문에 과도하게 몸무게를 줄여선 곤란하다. 식사는 단백질, 탄수화물, 지방, 무기질 등을 균형 있게 섭취할 수 있도록 골고루 먹어야 한다. 운동은 효과가 높으면서도 안전한 빠르게 걷기, 수영, 고정식 자전거 타기, 스트레칭, 에어로빅, 체조 등이 좋다. 심장 및 혈관질환을 비롯해 천식 등 호흡기질환, 당뇨, 암 등이 있다면 해마다 가을에 독감 예방접종을 챙기는 것이 바람직하다.

60대 이후 노년기는 여러 질병에 의한 사망이 크게 늘어나는 시기다. 식사나 운동 등 생활습관을 바꾼다고 해도 질병 자체를 예방하기는 힘들고, 전부터 앓아온 각종 생활습관병을 관리해나간다고 여기는 것이 바람직하다. 50대와 마찬가지로 암 검진을 비롯해 건강검진을 챙길 필요가 있다. 특히 우울증과 같은 노인성 정신질환도 늘어나는 시기인 만큼 이 나이대의 부모를 둔 자녀들은 부모의 기분 변화 등도 잘 살펴야 한다. 혼자 지내는 시간이 많으면 그만큼 우울한 기분이 오래 갈 수 있으므로 또래 친구들과 함께 노년을 위한 각종 프로그램을 잘 챙기면 좋다. 노인복지관이나 노인정 등을 나가도록 권유하는 것도 바람직하다.

4장 · 건강 불평등 사회를 넘어서

왜 이웃의 질환이 곧 나의 질환인가?

전염병을 100퍼센트 막을 수 없는 이유는?

직장인의 건강은 어디까지 회사 책임인가?

비정규직의 과도한 스트레스, 해결책은 있는가?

건강 불평등, 무엇이 문제인가?

비만을 극복하는 첫 번째 방법은?

Health Literacy

항생제 오남용을
막아야 하는 이유
왜 이웃의 질환이 곧 나의 질환인가?

건강하게 오래 살고 싶은 욕심이 없는 사람도 있을까? 물론 주변에 아는 사람들과 다 같이 건강하게 오래 살아야겠지만 그럴 수 없다면 나만이라도 건강하게 오래 살았으면, 하고 바라는 것이 인지상정일 것이다.

하지만 한 사회에서 같이 사는 다른 사람들이 건강하지 않고 온갖 질병에 시달리는데 나 혼자만 건강하게 살 수 있을까? 이에 대한 대답을 의학은 '외부 효과' 라는 원리로 설명한다. 외부 효과는 건강이나 질병과 관련된 남들의 행동이 자신의 건강이나 질병 발생에 영향을 미치는 것을 말한다.

대표적인 예가 가끔 신문과 방송에서 국내나 해외 사례를 통해 무섭게 보도되는 '항생제 내성' 이다. 기존에는 세균에 감염되면 특정 항생제를 먹거나 주사하면 치료가 됐다. 그런데 이 세균이 어떤 변화를 일으켜 항생제를 써도 해당 세균이 죽지 않는 상황이 나타나기 시작했고 이것이 바로 세균의 '내성'이다. 결국 항생제가 소용이 없는 상태에 이르고, 세균 감염으로 숨지는 경우가 종종 신문과 방송을 통해 보도되는 것이다.

서양의학에서 항생제는 위대한 약 가운데 하나다. 장티푸스 등으로 많은 사람들이 죽어 한 마을이 사라지는 경험을 한 과거의 우리나라 사람들은 이런 질병이 치료되는 항생제를 기적의 약으로 바라보게 됐다. 요즘도 노인들이 '마이싱'을 거의 만병통치약으로 여기는 이유도 바로 여기에 있다.

항생제는 우리 몸에 들어와 여러 감염을 일으켜 심한 경우 사망에 이르게 하는 세균을 죽이거나 활동하지 못하게 하는 약이다. 세균을 배양해 실험하던 도중 우연히 푸른색을 띤 곰팡이가 날아 들어왔는데 이 곰팡이가 사는 곳에만 세균이 자라지 않는다는 사실을 발견하면서 탄생한 것이 바로 항생제다. 서양에서도 항생제는 한때 만병통치약으로 통했다.

하지만 세균도 인간이 우연히 발견한 항생제에 당하고 있지만은 않았다. 모든 생물이 진화하는 것처럼 세균도 진화해 해당 항생제에 버틸 수 있는 종류가 생겨나기 시작했고, 이들이 세균의 다수를 이루면서 해당 항생제가 아무런 기능을 하지 못하기 시작했다. 세균은 100만 마리

당 한 마리 정도가 돌연변이를 일으키는데 그 가운데 일부가 항생제에 버틸 수 있게 변한 것이다. 이것이 바로 세균의 '항생제 내성'이다.

항생제에 저항할 수 있는 세균의 존재를 알게 된 사람들은 이 세균을 죽이는 항생제를 또 개발했고 지금도 새로운 항생제의 개발은 이어지고 있다. 세균도 마찬가지다. 새로운 항생제에 또다시 내성을 가지는 종류가 생겨났고, 그들을 중심으로 계속 번식하고 있다.

실제 1920년대에 첫 항생제인 페니실린이 발견된 뒤 1940년대 후반에 이에 대한 내성, 즉 페니실린을 써도 듣지 않는 세균 감염이 차지하는 비율이 10퍼센트를 넘었고, 그 뒤로도 내성 비율은 계속 증가하고 있다.

최근의 상황을 보면, 1996년에 일본에서는 당시 최고의 항생제로 꼽혔던 반코마이신에 대해 내성을 가진 세균, 이른바 슈퍼 박테리아가 나타났고, 이 균에 감염된 많은 사람들이 숨졌다. 일본에 이어 미국, 프랑스 등에서도 슈퍼 박테리아가 발견됐다. 2002년에는 이보다 항생제에 더 잘 버티는 슈퍼 박테리아가 미국에서 발견되기에 이르렀다.

우리나라도 예외는 아니다. 질병관리본부가 전국 10개 대학병원 환자의 혈액 및 소변에서 검출한 주요 세균을 대상으로 2004년 3월부터 6개월 동안, 2005년 4월부터 6개월 동안 두 차례에 걸쳐 항생제 내성 비율을 조사한 결과를 보면 이런 사실이 잘 드러난다. 매우 흔한 감염의 원인균인 황색포도구균 가운데 페니실린 이후의 항생제인 메티실린에 내성을 보이는 균의 비율이 60퍼센트 이상으로 나온 것이다. 쉽게 말하면 10명 가운데 6명의 환자는 메티실린으로는 황색포도상구균을 치료할 수 없다는 뜻이다.

또 '장구균' 가운데 반코마이신에도 내성을 보이는 비율 역시 10퍼센트를 넘는 것으로 나왔다. 결국 항생제 발견으로 끝난 줄로만 알았던 세균과의 '전쟁'은 지금도 계속되고 있는 셈이다. 과거보다는 많이 줄어든 것으로 알려진 세균 감염에 의한 사망도 여전히 이어지고 있다.

세균들의 항생제 내성은 나타날 수밖에 없는 자연 현상이지만, 이런 내성이 더 빠르게 나타나게 된 데에는 사람들이 항생제를 남용한 탓이 크다. 때문에 선진국을 비롯해 거의 모든 나라들이 항생제의 남용을 막는 정책을 펴고 있다.

실제로 항생제 남용이 심한 나라는 그렇지 않은 나라보다 항생제 내성 비율이 높다. 경제협력개발기구(OECD)의 건강 자료를 보자. 우리나라의 경우 메티실린에 내성을 보이는 황색포도상구균의 비율이 60퍼센트대에 이르고 있지만 유럽에서는 많아야 40퍼센트대이며, 적은 나라는 2퍼센트밖에 안 된다. 덴마크의 경우 1.7퍼센트 수준에 그친다.

우리나라에서 항생제를 실제 필요량보다 많이 쓰는 것은 잘 알려져 있지만 나이든 사람들이 아닌 아이들에게 더 많이 쓰이고 있다는 사실이 밝혀지자 많은 사람들이 더욱 큰 충격에 휩싸였다. 지금의 항생제 내성 문제가 앞으로 더 심각해질 수 있다는 이야기이기 때문이다. 이는

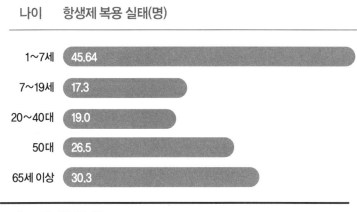

우리나라의 나이별 항생제 복용 실태

나이	항생제 복용 실태(명)
1~7세	45.64
7~19세	17.3
20~40대	19.0
50대	26.5
65세 이상	30.3

*자료 : 건강보험심사평가원

건강보험심사평가원의 연구 결과에서 잘 드러난다.

2007년 1월 중순에 건강보험심사평가원이 식품의약품안전청에 제출한 보고서인 〈항생제 사용실태 조사 및 평가〉를 보면, 2003년 한 해 동안 7세 미만 아이들에게 처방된 항생제 양은 65세 이상 노인을 포함한 다른 나이대보다 훨씬 많았다. 7세 미만 아이들 1000명 가운데 45.64명이 날마다 '하루 용량'(일일 제한량)을 먹는 것으로 나타날 정도로, 해당 나이 아이들이 항생제를 많이 먹고 있었다. 건강보험심사평가원이 하루 용량 또는 1일 제한량으로 비교한 것은 그 방법이 세계에서 가장 널리 쓰이기 때문이다. 이는 다소 생소하지만 이전의 다른 연구와 비교할 때 정확성이 높으면서 다른 나라와 비교하기 쉽다.

다른 나이대와 비교해보면 아이들의 항생제 남용 실태는 더욱 확연하게 드러난다. 65세 이상 노인 1000명 가운데 30.3명이 날마다 하루 용량을 먹고 있다면, 50대는 26.5명, 20~40대 19.0명, 7~19세는 17.3명이 하루 용량의 항생제를 먹고 있다. 7세 미만 아이들이 가장 많이 항생제를 먹고 있는 상황이며, 따라서 앞으로 우리나라에서 항생제 오남용과 내성균의 출현은 더욱 심각해질 전망이다.

다른 나라와 비교해보면 우리나라의 항생제 남용은 더욱 뚜렷하게 나타난다. 특히 외래 진료를 통해 7세 미만 아이들에게 사용된 항생제 분량을 비교해보면, 한국의 경우 2003년 기준 1000명당 하루 44.4명분이었으나, 스웨덴에서는 남자아이는 7.5명분, 여자아이는 8.4명분에 불과했다. 우리나라 아이들이 스웨덴보다 5배 이상 항생제를 많이 먹는 셈이다.

이처럼 우리나라의 항생제 오남용은 매우 심각한 상황이고, 이에 대해 몇몇 신문과 방송에서 여러 차례 다뤘지만 많은 사람들이 여전히 그 심각성을 느끼지 못하고 있다. 대부분 자신의 문제가 아니라고 생각하거나 잘 모르기 때문이다. 또 나와 내 가족, 내 아이들만 항생제를 오남용하지 않으면 된다고 생각하기 때문이기도 하다. 아울러 건강 문제는 개인의 책임이라는 인식이 너무 강한 것도 그 이유다.

하지만 항생제 내성의 피해는 혼자만 항생제를 적절하게 또는 적게 쓴다고 피할 수 있는 것이 아니다. 항생제를 오남용했을 때 나타나는 가장 큰 문제는 어떤 항생제로 박멸되거나 더 이상 증식되지 말아야 할 세균들이 계속 살아남아 수를 늘린다는 점이다. 값싸고 대량생산이 가능해 가난한 나라에 사는 사람들도 쓸 수 있는 페니실린이나 메티실린과 같은 초기 항생제로 치료될 수 있던 세균 감염을 반코마이신과 같은 비싼 항생제로 치료해야 하는 것이다. 그나마 반코마이신이 효과가 있으면 다행이지만, 이 항생제에 내성을 가진 세균들이 이미 생겨나고 있으며, 이 균에 감염되면 손 쓸 도리 없이 사망할 수 있다는 것이 문제다.

사람들의 항생제 오남용과 더불어 축산이나 양식에서의 항생제 오남용 문제도 심각하다. 축산이나 양식에서 사용된 항생제는 고스란히 사람의 몸속으로 들어올 가능성이 높기 때문이다. 현재 각종 어류 양식장에서 항생제를 광범위하게 사용하고 있고, 소나 돼지 등을 키우면서 항생제를 아무렇게나 쓰는 경우도 많다. 잘 알려진 대로 축산물과 수산물에서의 항생제 내성도 심각한 수준이다.

2003년에 국립수의과학검역원이 전국 도축장의 소, 돼지, 닭에서 분리한 살모넬라, 장내구균 등과 같이 식중독을 일으킬 수 있는 균의 항생제 내성률을 조사한 결과, 닭똥에서 나온 대장균은 퀴놀론계 항생제에 57퍼센트를 웃도는 내성률을 보였다. 또 포도상구균은 테트라사이클린이라는 항생제에 96.2퍼센트의 높은 내성률을 보였고, 에리스로마이신에 57.6퍼센트, 페니실린에 32.7퍼센트의 내성률을 나타냈다. 또 소비자보호원이 2003년 5월에서 9월까지 전국 소, 돼지, 닭 등을 키우는 축산 농가를 중심으로 가축 똥, 농부 손, 주변 토양, 하천 등에서 병원성 세균을 분리해 내성을 조사한 결과, 대장균의 69.4퍼센트, 포도상구균의 78.6퍼센트, 캄필로박터균의 100퍼센트가 하나 이상의 항생제에 내성을 지닌 것으로 나타났다. 가장 강력한 항생제인 반코마이신에 내성을 지닌 균주도 2개나 검출됐다.

수산물 등 양식 어류에 쓰이는 항생제 양도 심각했다. 국립수산과학원이 2003년 4월에서 9월까지 부산, 통영, 거제, 완도, 여수 지역의 양식 어장에서 기르는 넙치, 참돔, 조피볼락, 농어 등을 조사한 결과, 일부 수산물에서 기준치를 넘는 항생제가 검출됐다. 일부 지방의 넙치 가운데 6퍼센트, 농어의 12퍼센트, 조피볼락의 11퍼센트에서 기준치 이상의 항생제가 나왔다.

이렇게 축산이나 양식 과정에서의 항생제 오남용은 해당 항생제에 내성을 보이는 세균의 탄생 가능성을 높이며, 이 역시 사람에게도 감염이 가능함을 생각할 때 나와 후대의 건강을 위해서는 이런 부분에도 주의를 기울여야 한다.

거듭 말하지만 항생제 오남용은 남의 일이 아니다. 내성균에 의한 피해는 평소 항생제를 많이 먹지 않은 사람은 물론 누구나 입을 수 있다는 것이다. 항생제 오남용의 잘못을 저지르는 사람은 다른 사람들인데 피해는 내가 입을 수도 있는 것이다.

　항생제 오남용을 막으려면 감기와 같은 질병을 치료하면서 항생제 처방이 필요 없는데도 처방하는 의사나, 굳이 항생제를 요구하는 환자들을 규제할 수 있는 정책 마련에 많은 관심을 기울여야 한다. '항생제 주사 한 방이면 감기 끝' 이라는 생각을 가진 사람이 주변에 있다면 나의 건강을 위해서라도 그 생각을 바꾸도록 이야기할 필요가 있다.

예방접종의 한계
전염병을 100퍼센트 막을 수 없는 이유는?

다른 사람들이 저지른 항생제 오남용이 나에게 피해를 줄 수 있다면, 반대로 다른 사람들의 건강한 행동으로 내가 이익을 보는 경우도 있다. 이 역시 '외부 효과'라고 할 수 있는데, 예방접종이 대표적인 예다.

결론부터 말하자면, 전체 인구 가운데 일정 정도 비율의 사람들이 예방접종(단 효과가 좋을 것이라는 가정 아래)을 받으면 자신이 이 예방접종을 받지 않았는데도 해당 전염병에 걸리지 않을 수 있다.

이른바 '집단면역' 효과다. 집단면역은 말 그대로 일정 집단이 어떤 전염병에 대해 면역력을 가진다는 것이다. 일반적으로 전체 인구의 80퍼센트 정도가 어떤 전염병에 대해 면역력을 가지면 해당 전염병이 유행하지 않게 된다.

면역력이 없는 20퍼센트가 모두 전염병에 걸리지 않는 것은 아니지만, 그 전염병이 해당 집단에서 유행하지 않으면 20퍼센트 가운데 상당수는 피해갈 수 있는 것이다. 치명적인 부작용 때문에 예방접종을 할 수 없는 사람들도 다른 이들의 예방접종 덕분에 해당 전염병에 걸리지 않게 된다.

홍역의 경우를 살펴보자. 다른 아이들이 예방접종을 받아 홍역에 면역력을 가져 퍼지지 않는다면, 예방접종을 받은 우리 아이도 홍역에 걸리지 않을 수 있는 것이다. 하지만 반대로 생각하면 우리 아이만 예방접종을 한다고 안심할 일은 아니다. 예방접종을 받지 못한 아이들이 감염돼 유행하면 우리 아이의 건강도 담보할 수 없다.

그 이유는 예방접종의 효과가 모두에게서 100퍼센트 나타나는 것이 아니기 때문이다. 예방접종의 효과와 관련한 연구 결과들을 보면 인플루엔자는 예방접종을 받은 사람의 80퍼센트 정도가 면역력을 가지고, 풍진은 70퍼센트 이상, 간염은 3차를 모두 받았을 때 95퍼센트, 홍역은 85퍼센트가 면역력을 지닌다.

즉 우리 아이가 홍역 예방접종을 받아도 홍역이 유행하면 가능성이 낮기는 하지만 홍역에 걸릴 수 있다는 이야기다. 때문에 좀 더 안전한 방법은 홍역 유행 가능성을 최대한 낮출 수 있도록, 예방접종을 받지 못하는 사람을 최대한 줄여야 하는 것이다.

적어도 예방접종 비용이 없어서, 이에 대해 잘 몰라서 시기를 놓치는 바람에 예방접종을 못 받는 일은 없어야 하는 것이다. 정부가 저소득층을 비롯해 예방접종에서 소외된 사람들을 위해 다양한 정책을 펴는 일에도 적극적인 관심을 가져야 하는 이유도 여기에 있다.

　다만 이를 위해서는 대전제가 필요하다. 예방접종의 효과가 높으면서 안전하고, 부작용이 없고, 예방접종에 들어가는 비용이 적절해야 한다는 것이다. 이 대전제를 만족시키기 위해서는 정부 기관이 철저히 검증해서 기준에 못 미치는 예방접종은 아예 발을 들여놓지 못하도록 해야 한다.

건강을 위협하는 일터

직장인의 건강은 어디까지 회사 책임인가?

질병의 원인을 밝혀내는 작업은 쉽지 않다. 어떤 사고의 범인을 찾아서 잡는 탐정만큼이나 어려움을 겪는 경우가 많다. 질병의 원인을 밝혀야 하는 사람들이라면 범인을 기가 막히게 잡아내는 소설 속의 셜록 홈즈가 무척 부러울 것이다. 하지만 셜록 홈즈만큼의 실력을 지녔다 하더라도 질병의 원인을 잡아내기란 쉽지 않을 수도 있다.

식중독의 원인을 밝혀내는 과정을 예로 들어보자. 어느 학교에서 아이들이 단체로 식중독을 일으켰을 때 사고의 원인을 밝히기 위해서는 우선 식중독이 일어난 아이들과 그렇지 않은 아이들의 차이를 비교해야 한다. 식중독이 일어난 아이들이 모두 단체 급식을 먹었고, 식중독이 일어나지 않은 아이들은 모두 단체 급식을 먹지 않았다면 단체 급식을 범인으로 지목할 수 있을 것이다. 물론 단체 급식 식단 가운데에서도 밥이 문제인지, 반찬이 문제인지, 세부 내용은 다시 밝혀야 할 것이다.

범인이 쉽게 밝혀진 것 같지만 문제는 또 있다. 단체 급식을 먹은 아이들 가운데 식중독에 걸리지 않은 아이들은 어떻게 설명해야 하느냐는 것이다. 가장 간단한 추측은 아이들마다 면역력이 달라서 면역력이 강한 아이들은 걸리지 않았고, 그렇지 않은 아이들은 식중독에 걸렸다고 설명할 수 있을 것이다.

그런데 식중독에 걸린 아이들 가운데 단체 급식을 먹은 아이들도 있고, 그렇지 않은 아이들도 있다면 상황은 크게 달라진다. 그럴 경우 원인으로 의심해야 할 것들이 늘어난다. 학교에서 사용하는 물이 문제일 수도 있고, 다른 곳에서 식중독에 걸려서 온 아이가 2차로 옮겼을 수도 있다.

다소 장황한 설명이지만 이처럼 어떤 질병의 원인을 찾아내는 데에는 상당히 복잡한 추론 과정이 필요하다. 물론 실험이나 검사 같은 이학적인 단계를 거치는 경우도 많다. 한 가지 중요한 사실은, 그럼에도 정확한 원인을 밝혀내기 힘든 경우가 많다는 것이다. 대개 이럴 때는 어떤 원인 때문에 일어났을 것이라고 추정하는 데에 그친다. 또 하나 간과해서는 안 될 것은 현재 의학 및 과학 수준에서 원인을 추정해야 한다는 것이다. 측정 도구가 마땅치 않을 때는 종종 실제 원인이 감춰지고 마는 경우도 있다.

하지만 문제의 원인을 밝히는 것은 매우 중요하다. 그래야 대책을 세울 수 있기 때문이다. 원인 파악이 잘못되면 잘못된 대책이 나올 수밖에 없다. 원인이 딱 떨어진다면야 별다른 논란이 없을 것이다. 하지만 세상이 그리 단순하지는 않다. 경우에 따라서는 여러 가지 원인이 동시에 작용해, 어떤 원인이 가장 크게 질병 발생에 기여했는지를 계산까지 해봐야 한다. 자동차 사고가 났을 때, 자동차 보험회사나 재판정이 과실 비율을 나누는 것처럼 말이다.

다음 사례는 질병의 원인을 두고 어떤 대책을 세웠는지에 따라 방향이 얼마나 달라질 수 있는지를 보여준다.

한 기업이 직원의 건강을 경영의 최우선으로 여겨 지난 2000년부터 해당 직장을 금연구역으로 선포하고 사업장내 금연교실, 금연클리닉 서비스를 제공함은 물론 임직원이 함께 금연 실천을 확인하는 '금연책임관리제'를 실시했다.

그 결과 1만 8000여 임직원의 흡연율이 획기적으로 줄었다. 1998년 흡연율이 53.0퍼센트였다면 2001년에는 20.2퍼센트, 2005년에는 15.9퍼센트로 엄청난 성과를 거뒀다. 보건복지부(현재의 보건복지가족부)가 이 기업의 금연 사업에 대해 표창을 하기도 했다. 사업장에서의 금연이 비흡연자의 간접흡연을 방지할 수 있을 뿐 아니라 흡연자의 금연을 유도할 수 있다고 판단했기 때문이다. 또 일과의 3분의 1이상을 사업장에서 보내는 근로자의 건강과 복지에 크게 기여할 수 있다는 점에서 이 금연 사업이 의의를 갖는다고 보았다.

하지만 이 기업의 금연 사업을 달리 보는 사람들도 있다. 그들은 이 기업의 금연 사업이 탄생한 배경이 바로 공정 가운데에 꼭 필요한 코크스 제조와 관련이 있다고 생각했다. 1990년 7월에 이미 이 기업의 코크스 관련 직업병은 산업 보건과 관련해 조사받은 적이 있다. 그 결과 코크스 작업 과정에서 나오는 '다핵방향족탄화수소(PAH)' 때문에 직업성 암이 생길 수 있다는 사실이 확인됐다. 이는 〈한겨레〉가 2000년 1월 11일에 보도한 내용이다.

이전 여러 조사와 연구 결과를 보면 코크스 제조 과정에서 생기는 다환방향족탄화수소가 폐암 발생에 관련이 있음을 알 수 있다. 이 물질은 짧은 기간 접했을 때에는 피부와 점막에 자극을 주고 어지럼증, 두통, 메스꺼움 등을 일으키는 데에 그치지만 오랜 시간 접하면 폐암을 유발할 수도 있는 것으로 알려져 있다.

제철 공정에서 폐암이 발생할 수 있다는 것이 널리 퍼진다면 기업 입장에서 이로울 것이 하나도 없다. 결국 기업 측은 제조 공정에서 여러 대책을 만들었다. 2000년 1월 13일자 〈대구일보〉의 기사 내용을 보면 이 기업은 작업 환경 개선 및 설비투자 확대, 작업자의 순환 근무 및 작업 시간의 효율적 관리를 위해 다환방향족탄화수소에 대한 노출 기회 최소화, 폐암 발생 가능성이 높은 담배의 금연 운동 확대, 본사 직원에 비해 상대적으로 근무 조건이 열악한 협력사 직원들의 건강관리 체계를 강화하는 방안을 마련했다.

이 기업에서 크게 성공한 금연 운동은 직원들이 흡연이라는 건강 위해 요소에서 벗어나게 하려는 목표도 있었지만, 이를 통해 회사의 이미지를 개선하려는 목적도 없었다고 할 수 없다. 기업 입장에서 보자면, 폐암 위험성에 노출된 사업장이라는 오명을 피해야 했고, 이 때문에 제조 과정과는 별 관계가 없지만 폐암 발생 가능성을 높이는 담배를 끊도록 했던 것이다. 물론 직원들이 담배를 끊는 것이 좋은 일이라는 점에는 이의가 없다.

하지만 이런 경우 실제로 폐암이 생기면 그 원인을 두고 논란이 벌어질 수 있다. 직원들 가운데 폐암이 생기면 역학 조사를 통해 자세한 원인을 밝혀야 하겠지만, 만약 그 직원이 담배를 피우고 있었다면 회사가 금연 정책을 강하게 시행하고 있었으므로 분위기상 담배를 폐암의 원인으로 전부 또는 일부분 몰아갈 수 있다. 그 원인이 담배 때문인지, 아니면 코크스 제조 과정 때문인지 정확히 밝혀지지 않아도 분위기는 금연 사업을 철저하게 한 사측에 유리하게 돌아갈 수 있다. 평소 비흡연자로 간접흡연에 시달리는 직원들이 많았다면 이런 분위기는 더 잘 만들어질 수 있다. 폐암에 걸린 직원 역시 스스로 담배를 끊지 않았음을 크게 후회할 것이고, 폐암 발생의 원인이 자신에게도 있음을 부인하지 못할 것이다. 기업의 금연 사업 과정에서 받은 금연 교육 등이 직원 스스로가 그렇게 생각하도록 만들 가능성이 크다.

이 때문에 이 기업의 금연 사업에 대해 2005년 5월 〈한겨레〉에서 백

도명 서울대 보건대학원 교수는 "금연 등 건강증진 사업도 필요할 수 있지만 이보다 더 급한 문제는 직장인들을 여러 질병으로 내모는 구조적인 문제를 해결해야 한다"며 "코크스와 관련된 작업을 하는 노동자들이 코크스에 노출되지 않도록 관리하는 근본적인 대책이 우선"이라고 지적했다.

질병의 원인을 무엇으로 정하느냐에 따라 예방 대책이 달라지는 것은 물론 나중에 이를 보상해야 하는 문제에서도 큰 논란이 일어날 수 있다. 만약 담배가 폐암의 원인이라면 산업재해의 범주에 못 들어갈 수도 있지만, 코크스 제조 과정에서 폐암이 생겼다면 산업재해 보상 범위에 들어갈 수 있다. 흡연은 개인적인 습관의 한 가지로 책임 역시 개인이 져야 한다면, 코크스 제조 과정이 문제라고 할 때는 그 책임은 기업이 져야 한다.

과학적인 검사나 조사로 질병의 원인을 밝히지 못한다면 그 다음에는 관행, 즉 사회 분위기가 이를 결정하는 데에 큰 영향을 미치게 된다. 상대적으로 더 주목받고 있는 위험 요인이 원인으로 꼽힐 가능성이 더 커진다. 언론이 흡연의 폐해와 금연 분위기를 퍼뜨리면 흡연이 원인인 것으로 여론이 형성될 가능성이 커진다는 이야기다. 이 경우는 그나마 코크스를 제조하는 과정에서 다환방향족탄화수소라는 물질이 나온 것이 의학적으로 알려져, 폐암의 원인을 두고 논란이라도 일어나는 것이다.

답답한 경우는 위험 요인이 제대로 밝혀지지 않았을 때다. 예를 들면 임산부의 경우 주의해야 할 것이 참 많다. 커피, 술, 담배, 각종 중금속 등을 섭취하지 않도록 조심해야 한다. 이렇게 개인이 조심해야 할 요소들에 대해서는 잘 알려져 있고, 언론도 이를 끊임없이 반복해서 사람들에게 알린다.

하지만 이렇게 개인 책임 범위에 있는 요소들과 함께 개인 책임 범위 외의 요소들인 직무 스트레스, 작업 환경, 버스나 지하철을 타거나 거리를 다닐 때의 대기오염, 토양이나 수돗물 오염 등 매우 많은 사회적 요소들이 임산부나 태아의 건강을 해칠 수 있다.

그러나 언론은 이 같은 환경오염, 대기오염, 스트레스 등은 의학적인 검증도 쉽지 않고, 해당 원인으로 판정하는 것도 쉽지 않아 상대적으로 덜 다룬다. 결국 태아의 건강에 이상이 있다면 사회적인 문제보다는 평소 개인적인 건강 행태에서 원인을 찾을 가능성이 커진다.

실제로는 환경오염, 직무 스트레스, 오염된 작업 환경 등이 주요하게 태아의 건강을 해쳤는데, 임신 초기 이를 알지 못해 한두 잔의 커피나, 술 또는 태아의 건강과는 아무런 관련이 없다고 알려진 의약품을 먹었다며 평생 괴로워하는 아이 어머니가 생길 수 있다는 이야기다. 이상이 있는 태아를 낳았다는 자체만으로도 괴로운 아이 어머니에게 사회가 함께 나눠야 할 책임을 뒤집어씌울 수 있다는 것이다.

그나마 최근에는 스트레스나 간접흡연이 태아와 임산부의 건강을 해칠 수 있다는 연구 결과가 조금이라도 나오고 있어서 다행이다. 예를 들면 2008년 11월에 미국에서 발표된 연구 결과를 보면 장소에 관계없이 간접흡연에 노출된 여성은 그렇지 않은 경우보다 유산할 가능성이 39퍼센트나 높게 나타났다. 이는 미국 로체스터대학의 류크 페폰 박사가 4800명의 여성을 대상으로 조사한 결과다.

스트레스가 아이 건강을 위협한다는 연구 결과도 조금씩 나오고 있다. 2008년 12월 초 영국의 〈비비씨〉가 보도한 내용을 보면 임신하기 전 6개월 안에 심한 스트레스를 받으면 나중에 태아를 조산할 가능성이 높다. 이것은 영국 맨체스터대학 모자건강연구소의 필립 베이커 박사가 출산 여성 135만 명의 자료를 분석한 결과에서 나왔다. 이때의 스트레스는 주로 가까운 친인척의 죽음이었지만, 이를 통해 직장이나 다른 인간관계에서 받은 스트레스 역시 태아의 건강을 해칠 수 있음을 유추해볼 수 있다.

제대로 된 연구 결과가 존재하지 않거나, 연구 과정에서 측정이 힘들어 임산부들이 모든 책임을 뒤집어쓰는 사례는 수도 없이 많다. 아토피가 대표적인 경우다. 아토피의 원인은 수도 없이 많지만, 출산 뒤 어머니 젖을 못 먹은 아이는 그렇지 않은 아이보다 아토피에 걸릴 가능성이 크다는 연구 결과를 보도하는 언론들은 다른 원인은 생략하고 어머니의 젖과 아토피의 관련성만 다룬다. 이런 사회 분위기 속에서 아토피에 걸린 아이를 둔 어머니 가운데 젖을 제대로 못 먹인 어머니는 모든 게

자기 탓이라는 생각이 들 것이다.

대기오염이나 환경오염, 아파트 주거 환경 또는 요즘에 흔한 문제인 식품 사고 등 다른 것들이 실제 원인일 수 있고 더 중요한 문제일 수 있다. 하지만 젖을 먹이지 못한 어머니는 아이의 피부질환을 보살피는 동시에 그런 피부질환이 생기는 데 일조했다는 책임까지 느껴야 하는 것이다. 아토피로 괴로워하는 아이 다음으로 힘들어하는 어머니를 다시 질병 제공자로 '비난'하는 문제 역시 생길 수 있다. 만약 그 어머니가 비정규직이라서 출산휴가로 2~3개월을 보낸 뒤 바로 직장에 복귀하느라 젖을 제대로 못 먹였다면, 큰 슬픔에 빠질 것이다. 설사 어머니 젖을 못 먹인 것이 아토피 발생의 주요한 원인이었다고 해도 젖을 먹일 수 없도록 막은 사회에 더 큰 책임이 있는 것 아닌가.

언론은 새롭게 나온 연구 결과에서 어떤 문제가 질병의 원인으로 밝혀졌다고 해도, 그 질병이 단일 원인에 의해서 생기는 것이 아니라면, 나머지 원인에 대해서도 소개해줘야 할 것이다. 또 다양한 원인 때문에 생기는 질병이라면, 이런 질병에 걸린 사람이나 보호자에게 함부로 책임을 부과해선 곤란하다. 자칫 우리 사회가 고루 나눠서 져야 할 질병의 책임을 개인이나 한 가정에 몰 수 있기 때문이다. 특히 상대적으로 질병에 더 잘 걸리기 쉬운 사회적 약자에게 비난의 화살이 돌아가기 쉽다. 그런 만큼 이에 대한 대책이 절실하다.

병을 권하는 사회 구조

비정규직의 과도한 스트레스, 해결책은 있는가?

스트레스는 거의 모든 질병의 근원으로 알려져 있다. 신문 및 방송에서도 스트레스를 건강의 주된 적으로 묘사해왔으며, 실제 많은 사람들이 그렇게 느끼고 있다. 스트레스에는 여러 종류가 있는데, 그 가운데 요즘 많은 관심을 받고 있는 것이 바로 직무 스트레스, 즉 직장생활을 하는 가운데 받는 스트레스다. 직무 스트레스를 연구하는 학회인 한국직무스트레스학회는 "직무 스트레스 자체가 심장병을 일으키는 것은 아니지만, 직무 스트레스 고위험군을 그대로 방치하면 심혈관질환(고혈압, 협심증, 심근경색 등)이 발생할 가능성이 높고 심하면 과로사로 진행된다"고 밝혔다.

이런 직무 스트레스는 갈수록 심해지고 있다. 2005년 6월 〈한겨레21〉에서 장세진 연세대 원주의대 교수는 "기업들이 죄다 비정규직을 쓰고, 모든 사람한테 실적 압박을 강하게 가하는 사회 구조적 변화 속에서 개인의 위기감이 높아지면서 직장에서 받는 직무 스트레스가 증폭되고 있다. 40대에서 과로사, 뇌 및 심장 혈관질환자가 크게 늘고 있는 것이 이런 사실을 단적으로 보여준다"고 설명했다.

대표적인 심장질환의 하나인 관상동맥질환을 발생시키는 원인으로 여러 가지가 꼽히는데, 여기에 직무 스트레스도 포함된다. 관상동맥질환은 1992년에 인구 10만 명당 12.5명에서 2002년 25.2명으로 10년 사이에 2배 이상 늘어났다. 관상동맥은 심장 근육에 피를 공급하는 혈관으로, 심장은 이 혈관을 통해 공급받은 혈액 속의 산소와 에너지원을 이용해 온몸에 피를 내보내는 펌프질을 한다. 관상동맥이 좁아지거나 막히는 질환이 바로 협심증이나 심근경색증이다. 주로 가슴에 심한 통증을 일으키고 심한 경우 사망할 수 있다.

문제는 최근 더욱 빠른 속도로 늘고 있는 비정규직이나 임시계약직 노동자들은 상시적인 고용 불안과 함께 저임금에 시달리면서 스트레스에 훨씬 더 노출되기 쉽다는 점이다. 역시 〈한겨레 21〉의 같은 호에서 우종민 인제의대 백병원 정신과 교수는 "상담해보면 비정규직은 정규직보다 스트레스를 70~80퍼센트 더 많이 받는 것 같다"고 설명했다.

직무 스트레스가 건강을 위협하고 특히 비정규직이나 임시 계약직에서 문제가 더 심각하다는 사실을 깨달았다면, 이제 그 해결책에 대해 언론사들이 어떤 관심을 가지고 있는지 그리고 그 문제의식은 옳은지 알아보자.

스트레스가 건강을 위협하는 주요 요인 가운데 하나라는 사실은 〈한겨레〉를 비롯해 수많은 언론사들이 다뤘다. 하지만 해결책에 대해서는 운동이나 취미 활동, 대화를 나눌 수 있는 인간관계 등 스트레스를 적절하게 해소할 수 있는 개인 차원의 해결책을 찾아보라고 권고하는 데에 그친다.

필자 역시 그런 기사를 써왔다. 스트레스 해소를 위한 대화나 요가 및 심호흡법, 취미 활동 등을 강조했다. 그래서 사회적 관계에서 또는 노사관계에서 생겨나는 질병의 원인을 근본적으로 해결하라는 문제 제기는 하지 못하고, 오히려 개인이 알아서 해결하라는 방향으로 글을 썼다는 비판을 받기도 했다.

이런 비판에 죄송한 마음을 조금이라도 덜자는 의미에서 필자는 한 회사의 직무 스트레스 해소 프로그램을 소개했다.

이 회사에서는 한 대학병원 정신과와 협약을 맺어 직원들의 스트레스를 관리해주는 프로그램을 운영하고 있다. 직장에서의 상하관계는 물론 가정사, 친구들 사이에서의 갈등도 정신과 상담의 주제가 됐다. 평소 이런 문제의 심각성을 느끼고 있었다고 해도 정신과를 찾기가 쉽지 않았던 직원들이 회사 건물 내부에서 운영되는 이 프로그램에는 쉽게 발길을 옮겼다.

필자가 취재한 이 회사의 한 직원은 정부와 다른 기업을 상대로 일을 하는 사람으로, 평소 팽팽한 긴장 속에 회사생활을 하며, 퇴근 무렵에는 어깨와 목의 통증은 물론 두통까지 자주 느끼고 있었다. 이 직원은 스트레스 수치나 한번 재보자는 가벼운 마음으로 이 프로그램에 참가했다. 정신과 의사와 전문 심리상담사에게 몸의 자율신경계 흥분 정도를 측정받은 결과 스트레스 수치가 꽤 높은 것으로 나왔다. 이 때문에 두통은 물론 목이나 어깨의 통증도 나타난다는 것이었다.

원인 진단과 함께 해결책도 권유받았다. 직장 동료들 사이의 갈등 해소를 위한 작은 그룹 상담도 받았고, 평소 빠르게 걷기와 같은 운동 시간을 늘리고, 가족 구성원과도 대화 시간을 늘리라는 것이었다. 이 직원은 상담 내용을 실천하려 노력했고 그 결과 스트레스 지수가 많이 낮아졌다고 했다.

이 취재 내용을 담은 기사는 2005년 〈한겨레〉 창간 17주년 기념 기획 기사로 실렸다. 직무에서 생겨나는 스트레스를 노동자가 알아서 스스로 해결하도록 하는 현재의 사회 분위기에서 직장이 나서서 이런 문제 해결에 동참해 스트레스 관리 프로그램을 만든 사례 내용이 나름 참신하다는 평가도 받았다.

그 뒤 비슷한 기사들이 여러 지면에 꽤 많이 등장했다. 2006년 11월에 〈한겨레〉가 보도한 내용을 보면, ○○전자는 현재 아홉 개 사업장에서 15명의 심리상담사가 한 해 700건 정도의 상담을 받는다. 또 다른 기업도 '마음쉼터'라는 상담소를 사내에 열었고, 메신저, 이메일, 방문 상담을 통해 한 달 동안 140건 정도의 상담이 이뤄졌다. 이 밖에도 30대 기업 가운데 8곳 정도에서 이런 프로그램을 운영하고 있다고 기사는 전했다.

하지만 이런 회사의 직장인 건강증진 프로그램에 대한 비판도 만만치 않았다. 필자는 이 비판을 역시 창간 기획에서 상자 기사로 쓴 바 있다. 요약해보면, 비만이나 스트레스 관련 질환 등이 빠르게 늘고 있는 점을 감안하면 회사가 운동 프로그램, 스트레스 관리 등 건강증진 사업을 벌이는 것도 바람직하지만, 이보다 더 기초적이고 시급한 문제에 눈을 돌려야 한다. 바로 직장인들을 여러 질병으로 내모는 구조적인 문제를 해결해야 한다는 것이다. 회사가 금연, 체력 운동 등과 같은 건강증진 활동만 지원한다면 직장인들이 건강을 지키지 못하는 것은 물론, 직장의 구조적인 문제까지도 개인의 책임으로 돌릴 수 있기 때문이다. 따라서 스트레스를 만들거나 더 심하게 하는 회사의 정책은 없는지 살펴야 하고, 이를 개선하는 일이 우선돼야 한다는 것이다.

실제 직무 스트레스는 갈수록 심해지고 이 때문에 여러 질환 가능성이 높아진다는 사실은 이미 여러 차례 보도됐다. 주된 원인은 비정규직, 임시계약직 등의 근무 형태, 작업 강도가 점차 높아지는 현실에서 찾을 수 있다. 이에 대해 강력하게 부인할 수 있는 사람은 거의 없을 것이다.

조정진 한림의대 성심병원 교수팀이 2005년에 329곳 사업장의 직장인 8522명을 대상으로 실시한 우울증 조사 결과를 보면, 우울증에 걸려 있는 비율은 일용직이 22.7퍼센트로 가장 많았고 파견근로와 계약직이 각각 16.3퍼센트였다. 반면 정규직은 15.7퍼센트로 가장 낮았다. 우울증은 직무 스트레스 때문에 나타날 수 있는 하나의 정신질환이다.

결국 비정규직 및 임시계약직들이 상대적으로 직무 스트레스를 더 많이 받고 있지만, 이들의 문제 해결에는 회사의 관심이 상대적으로 덜한 것이다.

이런 현실에서 스트레스 상담, 명상과 정신과 치료 등을 회사에서 제공하는 것은 사후 처방이라 할 수 있다. 물론 하지 않는 것보다 하는 것이 100배 낫다. 그러나 사후 처방이 직장인들의 불만을 누그러뜨리는 하나의 수단으로 작용할 위험도 있다.

스트레스 관리, 금연, 운동 등 여러 건강증진 프로그램과 함께 최근 직장이 제공하고 있는 또 하나의 건강 관련 서비스는 건강검진이다. 국민건강보험공단의 일반 건강검진과 특수 건강검진보다 훨씬 자세하고 고가의 검사를 받을 수 있도록 하는 것이다. 과거에 많은 직장이 근무 시간을 빼먹는다는 이유로 일반 건강검진마저도 못 받게 했던 것에 비하면 많이 발전한 셈이다.

일부에서는 시티(컴퓨터단층촬영검사)나 엠아르아이(자기공명영상촬영)

와 같은 고가의 검사도 포함된, 수십만 원에서 수백만 원에 이르는 건강검진을 해주는 직장도 있다. 대개 고가의 건강검진을 직원에게 제공하는 경우는 대기업들이다. 반면에 형편이 어려운 중소기업들은 그러지 못한다. 이런 검진에서도 사회적 격차가 나타나고 있는 셈이다.

직장이 검진 서비스를 제공하는 것은 직원들의 건강관리를 위해 좋은 일이다. 하지만 좀 더 많은 효과를 얻기 위해서는 지금보다 정확한 평가가 필요하다. 건강검진 결과에 대한 분석이 필요하며, 직원들이 어떤 질환에 많이 걸려 있는지, 어떤 질환에 걸릴 가능성이 높은지 판단해야 한다는 뜻이다. 또 건강검진의 항목 역시 해당 직장에 적절한지 평가해야 할 것이다.

평가를 통해 회사의 잘못된 인력 배치 때문에 건강상 문제가 생겼다면 이에 대한 개선이 필요하고, 위해 물질을 다뤄 문제가 생겼다면 그것을 제거해야 한다. 건강검진은 질병을 이른 시기에 발견해 제때 치료하자는 의미도 지니지만, 전체 노동자의 건강 문제를 인식하고 그에 대한 개선안을 만드는 하나의 기초 자료도 될 수 있다. 흔치는 않겠지만 악덕 사업주라면 이 자료를 활용해 건강이 좋지 않은 사원들을 구조조정하는 데에 사용할 수도 있다. 하지만 반대로 노동자들을 위하는 사업주라면 아픈 직원이 좀 더 쉽게 건강관리를 할 수 있는 업무를 맡을 수 있도록 배려할 것이다.

노동자들이 건강해야 회사가 잘 운영되고, 회사가 잘 돌아가야 사업주와 투자자의 이윤이 커진다. 회사가 직원들에게 건강검진, 건강관리의 서비스를 제공하는 것 역시 투자의 하나인 셈이다. 동시에 이를 누리는 것은 노동자들의 정당한 권리다.

건강 양극화 사회

건강 불평등, 무엇이 문제인가?

2006년 초 〈한겨레〉는 연중기획, '함께 넘자, 양극화'의 첫 번째 시리즈로 '건강 불평등 사회'를 연재한 적이 있다. 이 시리즈는 건강 불평등이 얼마나 심각한지, 그리고 어떻게 하면 이 문제를 해결할 수 있는지 연구하는 학자들의 모임인 한국건강형평성학회와 공동으로 기획했다.

당시 취재를 통해 같은 서울에 산다고 해도 어느 구에 사느냐에 따라 평균수명이 달라진다는 새로운 사실을 밝혀내기도 했다. 대체로 사회경제적 지위가 높은 서초구나 강남구가 그렇지 못한 강북구나 동대문구에 비해 평균수명이 길었다.

강영호 울산의대 예방의학교실 교수의 지적을 보면 그 차이가 훨씬 피부에 와 닿는다. 〈한겨레〉와 한국건강형평성학회가 2006년 2월에 공동으로 개최한 '건강 불평등 어떻게 할 것인가?' 라는 제목의 토론회에서 강 교수는 "2000년부터 2004년까지 각 구의 성, 나이 등이 평균수명에 영향을 미치지 않도록 통계 설계를 만들어 비교한 결과 인구 10만 명당 사망자 수는 강북구가 2334명, 강남구는 1809명으로 그 차이는 525명이었다"며 "강북구의 인구가 약 36만 명이므로 5년 동안 강남구의 사망자 수 수준에 비해 강북구는 1890명(525/10만 명×36만 명=1890명)이 더 사망한 것이다"라고 발표했다. 이 숫자를 연간으로 바꾸면 강북구 주민이 한 해 378명 더 사망한 꼴이다. 강 교수는 "이는 우리나라의 항공사가 보유한 항공기 기종 가운데 가장 많은 승객을 수송하는 B747-400 PAX 기종의 최대 수송여객 수에 해당하는 숫자로, 결과적으로 강남구에 비해 강북구에서는 해마다 B747-400 PAX가 한 대씩 떨어지고 있다는 것으로 해석할 수 있다"고 말했다.

질병 치료, 금연 관리, 건강검진 등에서도 경제 및 교육 수준에 따른 불평등이 심각한 것으로 나타났다. 경제적 수준이 높은 계층이 건강검진도 잘 받고, 담배도 덜 피우며, 질병 치료도 잘 해서 같은 질병이라도 경제적 수준이 낮은 계층보다 생존율이 더 높았다.

경제 및 교육 수준에 따라 건강 수준이 결정되는 이 현실을 어떻게 받아들여야 할까? 누구나 건강하게 살고 싶어한다. 이런 권리는 헌법도 인간의 기본권으로 보장하고 있다. 하지만 현실은 그렇지 않다.

그런데 한 가지 놀라운 사실은 이 기획 시리즈를 접한 상당수 사람들이 '경제적 수준에 따라 건강 수준이 결정되는 것은 당연하다' 는 반응을 보였다는 점이다. 물론 경제학에서나 사회학에서 경제와 교육 수준에 따라 평균수명, 각종 질병에 걸려 있는 비율, 흡연이나 음주, 운동 등 건강 행동 등에서 차이가 난다는 지적은 예전부터 많이 제기됐다. 하지만 실제 평균수명이나 질병 치료 과정에서나 흡연율에서나 건강검진을 받는 비율 등 의료 현장의 구체적인 지표로 이를 밝힌 적은 없었다.

더 놀랍게도 "경제 및 교육 수준에 따라 건강 수준이 결정되는 것이 무엇이 문제냐"고 반문하는 사람들이 있었다. 그들은 한 술 더 떠 "건강 수준 등에서 차이가 나야 사람들이 돈을 많이 벌려고 경쟁도 하는 것 아니냐"는 반응을 보였다. 건강은 개인이 얼마나 이 사회에서 열심히 일했는지를 보여주는 지표라는 생각에서 비롯된 의견일 것이다.

하지만 성과주의도 적용돼야 하는 분야가 있고, 그렇지 않은 분야가 있다. 모두가 '사람답게 살 수 있는 바람직한 사회' 라는 가치를 위해서라도 그렇지만, 아무리 경쟁과 성과 중심주의 사회라도 건강 분야에 관한 한 다른 가치 기준을 가져가야 한다. 모두가 건강하게 살 수 있는 사회를 만드는 가치에 대해서는 뒤에서 더 설명하기로 하고, 경쟁과 성과의 측면에서 왜 건강 불평등 또는 건강 격차의 양극화가 문제가 되는지 먼저 살펴보자.

우선 '사회 양극화' 를 보면 쉽게 그 이유를 짐작할 수 있을 것이다.

사회 양극화가 나타나면, 전통 악기인 장구 모양처럼 경제적인 부를 축적한 사람들과 당장 입에 풀칠하지 못할까 봐 걱정하는 사람들이 많아지고, 가운데 중산층이 적어진다. 그러면 생산은 둘째치고 당장 소비 시장에 심각한 문제가 생긴다. 평소에는 여러 사회적 지원으로 저소득층도 어떻게든 버틸 수 있지만, 경제 위기가 오면 저소득층뿐 아니라 사회 전체가 전방위적으로 거침없이 무너져내린다. 2007년에 미국에서 시작된 경기 침체로 미국의 소비 시장이 얼어붙은 뒤 2008년에는 국내까지 그 한파가 전해지면서 우리나라의 소비시장마저 개업휴장의 모습을 보이고, 국내 기업에 위기가 온 것이 대표적인 예라 할 수 있다.

경제 규모에 비해 수출 의존도가 높은 우리나라의 입장에서는 미국과 같은 거대 수출시장국의 소비 위축이 곧바로 우리나라 기업에 엄청난 타격이 될 수밖에 없다. 많은 상품을 시장에 내놓았는데 이를 소비할 수 있는 여력을 가진 사람이 극소수에 불과하면 사회 자체가 유지되기 힘들어지는 것이다.

건강 양극화는 그 자체로 사회 양극화를 부를 수 있다는 점에서 더심각한 문제다. 건강이 나빠지면 교육을 받기 힘들고, 직장도 구하기 힘들다. 소득이 낮아지는 것은 당연하다. 빈곤과 건강의 악순환에 빠지는 것이다. 결국 비자발적인 실업자가 크게 늘어나고, 이들의 의료비를 포함한 사회적 비용도 더불어 늘어난다. 이들이 생산 시장에 못 뛰어드는 것은 그 다음 문제다. 최소한 성장 중심의 시장주의 사회를 유지하기 위해서라도 건강 불평등 또는 건강 양극화 문제는 해결돼야 한다.

그렇다고 성과 중심주의 사회가 유지될 수 있는 최소한의 조건으로 건강 불평등이 해소돼야 한다는 이야기는 아니다. 이보다 더 중요한 것은 모두가 행복하게 살 수 있는 사회를 만들어야 한다는 공통의 목표 아래서 누구나 건강하게 살고 싶어하는 욕구를 충족할 수 있는 사회를 만드는 것이다.

누구나 건강하게 살기를 원한다. 국가는 국민들이 건강하게 살 수 있도록 사회제도와 지원 프로그램을 만들어야 한다. 왜냐면 건강의 중대한 결정 요소는 개인 능력으로는 어찌할 수 없는 것들이 많기 때문이다. 단순하게 운동, 음식 조절 등과 같은 것은 개인이 할 수 있을 것 같지만, 이 역시 혼자 힘으로는 쉽지 않다.

〈한겨레〉의 기획기사인 '함께 넘자, 양극화─1부 건강 불평등 사회'는 바로 이 제약을 알고 이를 개선할 수 있는 대안을 우리 사회가 내놓아야 한다는 내용을 담았다. 그렇게 하지 않으면 경제, 교육 수준 등의 조건이 상대적으로 낮은 계층은 정부의 적극적 건강증진 정책에도 불구하고 건강 수준이 계속 나빠질 수 있다고 지적한 것이다. 사회적 소외 계층의 최소한의 자산인 건강이 더 나빠지는 상황을 그냥 두고보는 것이 이 사회의 바람직한 모습은 아니다.

이 주장에 대해 많은 사람들이 이의를 제기했다. "자기가 운동도 하지 않고 담배 피우는 것을 우리 사회가 어쩌라고?"라고 반문하는 사람도 있었다. 이런 질문이 나오기까지 우리 사회가 어떤 일을 했는가? 우리 역사에서 건강이 개인의 영역이 아닌 '사회의 책임'이라는 것을 알려준 적이 없다. 언론도 광범위하게 사회 전반의 중지를 모으는 노력을 하지 않았다.

그러나 이제 시각을 달리해야 한다. 운동을 하지 못하고 담배를 끊지 못하는 것은 개인의 의지만의 문제가 아니다. 흡연만 하더라도 비정규직이어서, 백화점 여성 노동자라서, 못사는 지역에 살아서, 소득이 낮아서, 직장에서 스트레스를 받아서 등이 그 이유가 된다. "스트레스를 받고, 못사는 지역에 살고, 경제적으로 궁핍한 사람이 모두 담배를 피우고, 건강이 나쁘고, 운동 및 식사 조절과 같은 건강 행동을 하지 않은 것이 아니냐?"는 질문을 던지는 사람들도 있을 것이다. 또 그런 조건에서도 얼마든지 건강 행동을 하고, 건강하게 사는 사람이 있을 것이라고 반문하고 싶어할 것이다.

실제로 그런 사람이 있다는 데에 동의하지 않을 사람은 없다. 다만 그것이 얼마나 실현 가능할지 자문해보자. 10만 분의 1, 아니 100번 양보해서 100분의 1이 그럴 수 있다고 가정해보자. 나머지 99명은 어찌해야 하는가? 1을 본받으라고 강조하면서 99의 희생을 밟고 가야 하는가? 건강이 아닌 재산 축적이라면 모르겠다. 적어도 공정하고 정의로운 사회라면 건강의 영역에서는 그렇게 주장해서는 안 된다.

건강은 개인 영역이기 때문에 개인에게 맡기면 된다는 논리와 비슷한 것이 바로 경제 성장을 위해 성과주의를 바탕으로 한 경쟁 시스템에 모든 것을 맡기자는 것이다. 이 논리대로라면 심지어 "경제 성장을 더 이룩한 뒤에 저소득층의 소득 및 건강 문제는 그때 가서"라고 말할 수도 있다. 과연 성장을 이룬 뒤에 "자, 이제 됐으니, 소득 및 건강의 양극화 문제를 해결해볼까"라는 말이 나올까?

김창엽 서울대 보건대학원 교수가 〈한겨레〉와 한국건강형평성학회가 마련한 토론회에서 발표한 내용이 이에 대한 답이 될 수 있겠다. 김 교수는 "4퍼센트의 경제 성장이 예상되는 2005년의 경우 약 30만 개의 일자리가 새로 생기고 실업률은 3.7퍼센트를 기록했다"며 "이 수치는 적어도 외형적으로는 미국의 4.1퍼센트 성장과 5퍼센트 실업률에 비해 그리 나쁘지 않다. 과거 개발독재 시대의 외형적 성장을 기대하는 것이 아니라면 현재 성장과 실업의 크기가 비정상적으로 나쁜 상황이 아니다"라고 말했다. 그는 소득 불평등이 개선되지 않는 이유를 성장의 정체나 일자리 부족 때문이 아니라 오히려 고용의 질에서 찾는 것이 타당하다며, 우리나라는 신규 취업자뿐 아니라 기존 취업자 가운데서도 어떤 나라보다 비정규직의 비중이 높다는 점을 지적했다. 또 "성장을 통한 일자리 창출이라는 구호는 소득 불평등 감소에 실질적인 효과가 있는 대안이라기보다는 공허한 이념적 공세라는 인상을 지우기 어렵다"고 설명했다.

그는 또 "자녀의 교육 수준은 아버지의 교육 수준, 부모의 직업, 가족

의 소득 등에 큰 영향을 받는 것으로 나타났다"며 "한마디로 교육 수준
이 세대 간에 '유전'되고 있는 셈"이라고 지적했다. 실제 2004년에 한
국개발연구원의 분석 결과를 보면, 최상위 10퍼센트 고소득층이 최하
위 10퍼센트에 비하여 자녀 교육에 7배 이상을 투자하고 있다. 2006년
성균관대 양정호 교수의 연구 결과를 보면 최상위 20퍼센트가 최하위
20퍼센트에 비하여 8.6배의 사교육비를 쓰고 있다. 결국 교육 및 소득
불평등이 건강 불평등을 초래하며, 이는 경제 성장을 통해서도 쉽게 해
결될 문제가 아니라는 것이다.

심지어 세계 최고의 경제대국인 미국도 여전히 경제 성장이 필요하
다고 말하고 있다. 경제 성장의 욕망은 끝이 없을 것이다. 2005년과
2006년에 정부 및 각종 연구기관이 발표한 자료를 보더라도 우리 사회
의 양극화는 갈수록 심해지고 있음을 알 수 있다.

여기서 나의 건강은 주변 사람들의 건강 상태에 직접적인 영향을 받
는다는 사실을 떠올리자. 나의 건강을 지키기 위해서라도 주변 사람들
의 건강을 돌봐야 한다. 건강 불평등으로 인한 폐해는 특히 아이들, 노
인들 및 노약자들에게 집중적으로 나타난다. 나의 자녀와 부모를 위해
서라도 건강 불평등 문제에 관심을 가져야 하는 것이다.

무엇보다 언론은 경제적 불평등 사회에서 건강 불평등 현상이 나타
나는 것은 당연하다는 사람들의 인식을 바로잡는 데 앞장서야 한다.

함께 하는 건강 행동

비만을 극복하는 첫 번째 방법은?

2008년 가을, 노르웨이 오슬로에 출장을 갔을 때다. 아침에 일어나 창문을 열면 달리기를 하는 사람들의 모습이 많이 보였다. 숙소 가까운 공원에 가보니, 실제로 달리는 사람들도 많고 걷는 사람들도 많았다.

현지 사람들에게 "아침 운동을 할 여유가 있냐?"고 물으니, "한국에서는 아침에 운동할 시간이 없냐?"고 오히려 반문했다. 웬만한 노력으로는 쉽지 않다고 답했다. 대중교통은 물론 자가용으로 출근해도 그 시간이 만만치 않기 때문이라고 했다. 당장 나부터 1시간 정도 걸린다고 말했다. 이해가 안 된다는 표정이었다.

그도 그럴 것이 50만 명 정도가 사는 도시가 크면 얼마나 크겠는가. 그곳 사람들은 우리나라에서 출퇴근에 소모하는 시간을 그만큼 운동이나 가족과 함께 보내는 데 쓴다. 주변에 공원도 널려 있다. 최소한 운동할 시간과 장소는 갖추어진 셈이다. 공원에 나가 열심히 뛰거나 걷는 다른 사람들을 보는 것도 운동의 동기가 된다.

운동이 필요하다는 사실은 다 알지만 이를 실천하기는 쉽지 않다. 특히 우리나라에서는 더욱 쉽지 않은가 보다. 보건복지가족부와 질병관리본부가 2007년에 실시한 국민건강영양조사 결과를 보면, '한 번에 30분 이상, 한 주에 5일 이상' 걷기 실천율이 2005년에 60.7퍼센트에서 2007년에는 45.7퍼센트로 2년 사이에 15퍼센트나 감소했다. '평소보다 몸이 조금 힘들거나 숨이 약간 가쁜' 중등도 신체활동을 1회 30분 이상씩 주 5일 이상 실천하는 사람의 비율 역시 같은 기간 18.7퍼센트에서 9.9퍼센트로 8.8퍼센트 줄어들었다. '평소보다 몸이 매우 힘들거나 숨이 많이 가쁜' 격렬한 신체 활동을 1회 20분 이상씩 주 3일 이상 실천하는 사람의 비율 역시 1.3퍼센트 줄었다.

반면 비만은 늘고 있다. 비만율은 1998년에 26.0퍼센트에서 2007년에 31.7퍼센트로 약 10년 사이에 5.7퍼센트나 늘었다. 자동차를 비롯해 다양한 자동화 기기의 발달로 신체 활동량이 갈수록 감소하고 있는 점을 감안하면 앞으로 비만은 더욱 심해질 전망이다. 실제 어린 나이대부터 비만율이 증가하고 있다. 질병관리본부의 자료를 보면 우리나라 2~18세의 비만율은 1997~2005년 8년 사이에 5.8퍼센트에서 9.7퍼센트로 늘어났다. 특히 남자 아이들의 비만 증가 속도가 빠른데, 같은 기간 6.1퍼센트에서 11.3퍼센트로 거의 2배가 늘었다. 상대적으로 신체 활동량과 에너지 소비가 많은 청소년 시기부터 비만율이 높다면, 앞으로 그들의 비만율은 더 상승할 가능성이 매우 높고 비만이 더욱 심각한 사회 문제가 될 수 있는 것이다.

게다가 더욱 심각한 문제는 소득 격차에 따른 비만율의 차이다. 미국을 비롯해 비만이 심한 나라에서는 이미 저소득층이 중·고소득층보다 비만율이 높게 나타난다. 그런데 이런 현상이 우리나라 청소년에게서도 나타나고 있다. 질병관리본부의 〈2007년 청소년 온라인 건강행태조사〉 결과를 보자. 이 자료는 청소년이 속한 가정의 자동차 보유 대수, 가족여행 횟수, 자기 방 소유 여부 등을 환산한 점수를 가지고 상·중·하위층으로 분류한 뒤, 건강 위해 요인과의 관련성을 분석한 것이다. 그중 비만 관련 조사 결과를 보면 경제적 하위층의 청소년 비만율이 10.6퍼센트로, 상위층 청소년의 8.7퍼센트보다 높게 나왔다. 비만에 영향을 주는 규칙적인 운동 실천율 역시 경제적 하위층이 25.5퍼센트로, 상위층의 35.6퍼센트보다 낮았다. 결국 저소득층에 속한 아이들일수록 운동도 덜하고, 비만을 일으키는 음식은 더 많이 먹으면서, 실제 비만율도 높게 나타나고 있는 것이다. 그렇지 않아도 소득 수준이 낮은 가정의 아이들이 기를 펴지 못하는 상황에서 '뚱보'라는 별명까지 얻게 될 가능성이 커진 것이다.

어린이 비만은 성인이 된 후에도 이어져 지방간, 고혈압, 당뇨, 심장 및 혈관질환 등의 발생 가능성을 높인다는 것은 잘 알려진 사실이다. 그렇지 않아도 집안 살림이 어려우면 질 좋은 교육을 받기 힘든 이 나라에서, 비만으로 질병까지 얻는다면 그런 교육의 기회는 물론 취업도 힘들어질 것이다.

공정한 사회를 이루자는 기본 가치관에 비춰봐도 부모의 소득 수준에 따라 아이들의 건강까지 결정된다는 것은 바람직하지 않다. 또 사회 전체의 건강 수준이나 생산성을 높이자는 시장주의를 바탕으로 한 사회 통합이라는 관점에서도 특정 계층에서 비만 등 질병이 악순환되는 것은 바람직하지 않다. 결국 저소득층의 비만 문제는 우리 사회가 관심을 갖고 적극적으로 해결에 나서야 한다.

언론이나 정부 당국이 나서서 아이들의 비만 관리에 관심을 가져야 한다고 알려주는 것만으로는 해결되지 않는다. 중·고소득층이 정보 수집 및 관리에 능숙한 반면 저소득층은 신문을 볼 시간과 경제적 여유도 없다. 중·고소득층이라 할지라도 맞벌이부부라면 상황이 또 달라진다. 2007년 10월에 오상우 동국대 일산병원 가정의학과 교수팀이 발표한 자료를 보면 어린이 비만에 영향을 미치는 요소 가운데 하나가 맞벌이인 것으로 나타났다. 오 교수팀이 2005년 국민건강영양조사 자료를 바탕으로 분석한 결과, 직장 여성의 자녀는 가정주부의 자녀에 비해 비만율이 2.1배 높은 것으로 나타났다. 맞벌이 가정의 아이들은 상대적으로 텔레비전 시청과 컴퓨터 사용 시간이 길었는데, 이 때문에 신체

활동량이 그만큼 줄어들고 비만율이 높아진 것으로 분석됐다. 아이들의 비만을 막기 위해서는 직장에 다니는 엄마를 대신해 아이들의 생활을 관리해주는 프로그램이 학교나 여러 기관에서 운영돼야 한다.

최근 이런 문제 의식을 갖고 학교 차원에서 비만 아이들을 적극적으로 관리한 사례들이 눈에 띈다. 먼저 언론에도 많이 보도된 사례로 제주도의 한 초등학교가 운영한 '비만치료 학급'이 있다. 우리나라 최초로 운영됐다고 하는데, 2004년 1학기에 비만치료 학급을 운영한 결과 효과가 매우 큰 것으로 나왔다.

이 학교는 2004년 3월에 2~6학년 가운데 과체중이거나 비만한 아이들 142명을 특별반으로 꾸렸다. 이 가운데 중증 비만이 76명이었는데, 비만 치료 학습을 한 학기 운영한 뒤에는 39명으로 크게 줄었다. 또 과체중인 아이들 18명이 모두 정상 몸무게 범위로 들어왔다. 학교 측은 한 학기 더 시행하면 성과가 더 커질 것이라고 전망했다.

비만치료 학급의 운영 방법을 보면, 아이들이 '뚱보'라고 놀림을 받을까 봐 이름을 '기초체력반'으로 지었고, 모든 교사들은 다른 학생들이 특별학급을 '뚱보반' 또는 '비만반'으로 부르지 않도록 봉사활동 벌칙을 주며 주의를 줬다. 프로그램은 방과 후 줄넘기와 같은 운동을 매일 하고 키와 몸무게를 측정하는 등 다양하게 꾸며졌다. 측정은 외부 기관에 요청해 정밀하게 진행했다. 학교 측은 비만 아이들 상당수가 정상 몸무게를 되찾았으며, 여기에 기초 체력도 키워지는 효과까지 얻었다고 밝혔다.

이처럼 학교에서의 비만 개선 및 예방 활동은 상당한 효과가 있는 것으로 확인됐고, 이는 전국적으로 퍼져나갔다.

이런 비만 개선 프로그램을 전교생으로 확대시켜 시행하고 있는 학교도 있었다. 비만학급을 따로 꾸리면 해당 아이들이 그 반에 속했다는 이유로 차별받거나 놀림을 당할 수 있다는 이유에서다. 그래서 모든 아이들이 아침에 학교를 오면 운동장을 스스로 돌게 했다. 이름은 '건강 달리기'로 붙였다.

교문에 들어서면 가방을 운동장 스탠드에 놓고 친구들과 함께 웃고 떠들면서 달리기를 한다. 지도하는 교사도 없이, 아이들 스스로 달린다. 목표도 아이들 스스로 정한다. 자신이 목표한 만큼 뛰면 교실 벽에 있는 판에 스티커 한 개를 붙인다. 스티커 열 개마다 의정부, 판문점, 철원 등 금강산까지 가는 중간 역이 있고, 이를 다 채우면 체험학습 과정으로 금강산에 갈 수 있다는 꿈에 부푼다.

이 학교 교사는 건강달리기의 효과로 무엇보다도 아이들의 자율성 향상을 강조했다. 건강달리기를 통해 성취감을 느끼게 되고, 운동과도 친해져서 초등학교를 졸업한 뒤에도 스스로 운동을 한다는 것이다. 비만 예방도 중요한 목표이지만 운동과 가까워져 신체 활동량을 늘리는 습관을 갖는 것도 빼놓을 수 없는 목표다. 게다가 비만과 관계없이 모든 아이들이 달리기를 하기 때문에 차별과 배제도 없다.

학교에서 이런 프로그램을 도입한 이유는 가정에서 아이들의 비만에 신경 쓰지 못하는 현실을 개선하기 위해서다. 이 학교 교장은 〈한겨레〉와의 인터뷰에서 "부모들이 아이들의 건강달리기 모습을 보고 격려 전화를 할 정도로 호응이 좋다"고 말했다.

자율적인 프로그램이지만 비만 개선 및 예방 효과도 높다. 2004년 한 해 동안 초기 비만 86명 가운데 23퍼센트인 20명이, 중등도 비만을 보인 92명 가운데 3명이 정상으로 돌아왔다.

'건강달리기' 학교의 성과를 보면서, 전문가들은 "건강 습관은 함께할수록, 그리고 제도나 기관이 도와줄수록 효과가 크다"며 "건강에 대한 정보를 주면서 건강은 개인의 책임 영역이니 알아서 하라고 하는 것은 효과가 없다"고 지적한다.

건강의 개인 책임만 강조하는 지금 사회 분위기 속에서는 어떤 질병에 걸리면 그 사람이 잘못해서 그런 것으로 이해되기 쉽다. 비만도 마찬가지다. 심지어 게으른 사람, 자신의 몸을 아끼지 않는 사람, 식신 등으로 놀림을 당하기 일쑤다. 실제로 그들은 자동화 문명의 피해자이며, 운동할 시간이나 공간이나 경제적 여유가 없는 안타까운 사정이 있는데도 말이다.

이제 언론의 비만 관련 보도도 바뀌어야 한다. 비만이 건강에 좋지 않다는 사실을 알리는 것만으로는 부족하다. 비만을 해결할 수 있는 사회적 제도와 지원책을 정부에 요구하고, 이런 지원책에 저소득층을 비롯해 시간에 쫓겨 평소 운동을 하지 못하는 사람들까지 포함할 수 있도록 주문해야 한다.

뚱뚱하다고 놀리기만 하거나, 질병에 걸릴 가능성이 많은데도 이를 해결하지 않는다고 비난하는 것은 이들을 두 번 죽이는 행위이며, 왜 똑바로 하지 못했냐고 몰아세우는, 이른바 '희생자 비난'일 뿐이다.

건강 기사 제대로 읽는 법

초판 1쇄 인쇄 2009년 2월 16일
초판 1쇄 발행 2009년 2월 20일

지은이 | 김양중
펴낸이 | 이기섭
편집주간 | 김수영
기획편집 | 김윤희, 조사라
마케팅 | 조재성, 성기준, 김미란, 한아름

펴낸곳 | 한겨레출판(주)
등록 | 2006년 1월 4일 제313-2006-00003호
주소 | 121-750 서울시 마포구 공덕동 116-25 한겨레신문사 4층
전화 | 마케팅 02-6383-1602~3, 기획편집 | 02-6383-1607~9
팩스 | 02-6383-1610
홈페이지 | www.hanibook.co.kr
이메일 | book@hanibook.co.kr

ISBN 978-89-8431-318-7 03810

이 책은 한국언론재단의 저술지원으로 출판되었습니다.